O PODER ULTRAJOVEM

O PODER ULTRAJOVEM

CARLOS DRUMMOND DE ANDRADE

POSFÁCIO DE
ANTONIO PRATA

nova edição

EDITORA RECORD
RIO DE JANEIRO • SÃO PAULO
2023

CONSELHO EDITORIAL
Afonso Borges, Edmílson Caminha,
Livia Vianna, Luis Mauricio Graña Drummond,
Pedro Augusto Graña Drummond,
Roberta Machado, Rodrigo Lacerda
e Sônia Machado Jardim

PROJETO GRÁFICO DE CAPA E MIOLO
Leonardo Iaccarino

FIXAÇÃO DE TEXTO
Edmílson Caminha

CRONOLOGIA
José Domingos de Brito (criação)
Marcella Ramos (checagem)

BIBLIOGRAFIAS
Alexei Bueno

AUTOCARICATURA (LOMBADA)
Carlos Drummond de Andrade, 1961

FOTO DRUMMOND (ORELHA)
1976. Acervo Carlos Drummond de Andrade /
Fundação Casa de Rui Barbosa, Rio de Janeiro

CIP-BRASIL. CATALOGAÇÃO NA PUBLICAÇÃO
SINDICATO NACIONAL DOS EDITORES DE LIVROS, RJ

A566r
23. ed.

Andrade, Carlos Drummond de, 1902-1987
O poder ultrajovem / Carlos Drummond de Andrade – [23. ed.] – Rio de Janeiro :
Record, 2023.

Inclui bibliografia e índice
ISBN 978-65-5587-645-1

1. Crônicas brasileira. I. Prata, Antônio. II. Título.

22-81090

CDD: 869.8
CDU: 82- 94(81)

Meri Gleice Rodrigues de Souza - Bibliotecária - CRB-7/6439

Carlos Drummond de Andrade © Graña Drummond
www.carlosdrummond.com.br

Todos os direitos reservados. Proibida a reprodução, armazenamento ou transmissão de partes
deste livro, através de quaisquer meios, sem prévia autorização por escrito.

Texto revisado segundo o Acordo Ortográfico da Língua Portuguesa de 1990.

Direitos exclusivos desta edição reservados pela
EDITORA RECORD LTDA.
Rua Argentina, 171 – Rio de Janeiro, RJ – 20921-380 – Tel.: (21) 2585-2000.

Impresso no Brasil

ISBN 978-65-5587-645-1

Seja um leitor preferencial Record.
Cadastre-se em www.record.com.br e receba informações
sobre nossos lançamentos e nossas promoções.

Atendimento e venda direta ao leitor:
sac@record.com.br

EDITORA AFILIADA

SUMÁRIO

9	O poder ultrajovem
24	Prece do brasileiro
28	O sorvete húngaro
30	J.C., eu estou aqui
33	Procura-se um pai
36	Sebastiões, no dia deles
39	A festa
45	Elefantes
48	Obrigado, meu velho
51	Literatura
54	A fila e o que se fala na fila
57	Falta um disco
60	Aquele casal
63	Noite no aeroporto
65	Monodiálogo
68	Verão: aqui e agora
71	Cariocas
74	Um carpinteiro, onde?
76	Deusa em novembro
79	Olhos de preá
82	Sem memória
84	Tago-Sako-Kosaka
87	Lembrança de fevereiro
90	Entrevista solta
93	Bárbara escreve
96	Poeta Emílio

98	Assalto
101	Antes da Páscoa
104	Cordisburgo, de passagem
107	Em louvor da miniblusa
110	Reaparece o vate noturno
112	Rondó da Praça da Liberdade
115	Lua, cara a cara
118	Desenhos de Carlos Leão
119	Atanásio 100%
122	Inventário da miséria
125	Um semestre de vida
128	Atriz
129	O que se diz
131	Carta à Princesa de Mônaco
134	Festivais
139	Gato na palmeira
142	Novo cruzeiro velho
145	Ontem, Finados
147	Luar para Alphonsus
150	Problema escolar
153	O cabo em leilão
156	Hoje não escrevo
159	Com camisa, sem camisa
160	Nhemonguetá
164	O sebo
166	Pelé: 1.000
168	Boato da primavera
170	Adeus, Elixir de Nogueira
173	O conselheiro
175	Moça e hipopótamo
178	Versos negros (mas nem tanto)
181	O inseguro
184	Eu, Napoleão...

187	A estagiária pergunta
189	Olhador de anúncio
191	A um senhor de barbas brancas
194	Chove dinheiro
197	A uma senhora, em seu aniversário
199	Lição de ano novo
203	O professor Limão
205	Carrancas do São Francisco
207	E o Austríaco se casou
210	Um dia, um amor
212	Salvar passarinho
215	Manuel, ou a morte menina
217	Três presentes de fim de ano
219	Samba no ar
222	Tatá, o bom
224	Apartamento para aeromoça
227	A luz, no som
229	Copa do Mundo 70
233	Posfácio, *por Antonio Prata*
239	Cronologia: Na época do lançamento (1969-1975)
255	Bibliografia de Carlos Drummond de Andrade
263	Bibliografia sobre Carlos Drummond de Andrade (seleta)

O PODER ULTRAJOVEM

I / NO RESTAURANTE

— Quero lasanha.

Aquele anteprojeto de mulher – quatro anos, no máximo, desabrochando na ultraminissaia – entrou decidido no restaurante. Não precisava de menu, não precisava de mesa, não precisava de nada. Sabia perfeitamente o que queria. Queria lasanha.

O pai, que mal acabara de estacionar o carro em uma vaga de milagre, apareceu para dirigir a operação-jantar, que é, ou era, da competência dos senhores pais.

— Meu bem, venha cá.

— Quero lasanha.

— Escute aqui, querida. Primeiro, escolhe-se a mesa.

— Não, já escolhi. Lasanha.

Que parada – lia-se na cara do pai. Relutante, a garotinha condescendeu em sentar-se primeiro, e depois encomendar o prato:

— Vou querer lasanha.

— Filhinha, por que não pedimos camarão? Você gosta tanto de camarão.

— Gosto, mas quero lasanha.

— Eu sei, eu sei que você adora camarão. A gente pede uma fritada bem bacana de camarão. Tá?

— Quero lasanha, papai. Não quero camarão.

— Vamos fazer uma coisa. Depois do camarão a gente traça uma lasanha. Que tal?

— Você come camarão e eu como lasanha.

O garçom aproximou-se, e ela foi logo instruindo:

— Quero uma lasanha.

O pai corrigiu:

— Traga uma fritada de camarão pra dois. Caprichada.

A coisinha amuou. Então não podia querer? Queriam querer em nome dela? Por que é proibido comer lasanha? Essas interrogações também se liam no seu rosto, pois os lábios mantinham reserva. Quando o garçom voltou com os pratos e o serviço, ela atacou:

— Moço, tem lasanha?

— Perfeitamente, senhorita.

O pai, no contra-ataque:

— O senhor providenciou a fritada?

— Já, sim, doutor.

— De camarões bem grandes?

— Daqueles legais, doutor.

— Bem, então me vê um chinite, e pra ela... O que é que você quer, meu anjo?

— Uma lasanha.

— Traz um suco de laranja pra ela.

Com o chopinho e o suco de laranja, veio a famosa fritada de camarão, que, para surpresa do restaurante inteiro, interessado no desenrolar dos acontecimentos, não foi recusada pela senhorita. Ao contrário, papou-a, e bem. A silenciosa manducação atestava, ainda uma vez, no mundo, a vitória do mais forte.

— Estava uma coisa, hem? – comentou o pai, com um sorriso bem alimentado. — Sábado que vem, a gente repete... Combinado?

— Agora a lasanha, não é, papai?

— Eu estou satisfeito. Uns camarões tão geniais! Mas você vai comer mesmo?

— Eu e você, tá?

— Meu amor, eu...

— Tem de me acompanhar, ouviu? Pede a lasanha.

O pai baixou a cabeça, chamou o garçom, pediu. Aí, um casal, na mesa vizinha, bateu palmas. O resto da sala acompanhou. O pai não sabia onde se meter. A garotinha, impassível. Se, na conjuntura, o poder jovem cambaleia, vem aí, com força total, o poder ultrajovem.

II / NO ÔNIBUS

A senhora subiu, Deus sabe como, em companhia de dois garotos. Cada garoto, com sua merendeira e sua pasta de livros e cadernos indispensáveis para a aquisição dos preliminares da sabedoria. (Quando chegarem ao ensino médio, terão de carregar uma papelaria e uma biblioteca?) O ônibus não cabia mais ninguém. A bem dizer, não cabia nem o pessoal que se espremia lá dentro em estado de sardinha. Na massa compacta de gente, ou de seções de gente que a vista alcançava, percebi aquelas mãozinhas tentando segurar as pastas atochadas.

— Deixa que eu carrego – falei na direção de um dos braços a meu alcance. Na qualidade de passageiro sentado, é irresistível minha inclinação para carregar embrulhos alheios. Estou sempre a oferecer préstimos, movido talvez pelo remorso de viajar sentado, e de só ceder lugar a pessoas mais idosas do que eu – pessoas que raramente aparecem no ônibus, de sorte que...

— Eu carrego para vocês – insisti, executando um movimento complicado, para enxergar os rostos dos garotos. O menor olhou-me com surpresa e hesitação, porém o mais velho estendeu o braço, e o primeiro, depois de uma cotovelada ministrada pelo segundo, imitou-o. Fiquei de posse de duas bojudas pastas escolares, que acomodei da melhor maneira possível sobre os joelhos. Conheço perfeitamente a técnica de carregar embrulhos dos outros. Deve-se colocá-los de tal modo que fiquem seguros sem que seja necessário pôr a mão em cima deles. São coisas sagradas. Não devemos absolutamente lançar-lhes um olhar, mesmo distraído. O perfeito carregador de embrulhos do próximo deve olhar para fora do ônibus, aparentemente observando um eclipse ou uma regata, porém na realidade com o pensamento fixo naquele pacote, ou bolsa, de que é depositário. Não vá a coisa cair no chão e quebrar. Não vá alguém subtraí-la. Quando até a Santa Casa é assaltada, tudo é possível. Mas que conterá mesmo esse embrulho? Seria feio manifestar curiosidade, e perigoso abrir um volume que não nos pertence. Mas que gostaríamos de saber o que tem lá dentro, isto, humildemente o confesso, em meu nome e no do leitor, é pura, descarnada verdade.

Bom, tratando-se de pastas escolares, não havia segredo a descobrir. A voz da senhora saiu daquele bolo humano:

— Agradece ao moço, Serginho. Agradece, Raul.

Raul (o mais crescido) obedeceu, mas Serginho manteve-se reservado.

Mal se passaram alguns minutos, senti que a pasta de cima escorregava mansamente do meu colo. Muito de leve, a mão esquerda de Serginho, escondida sob um lenço, puxava-a para fora. Compreendi que ele prezava acima de tudo a sua pasta, e deixei que a tirasse. A mãe ralhou:

— Que é isto, Serginho?! Deixe a pasta com o moço.

Serginho, duro.

— Serginho, estou lhe dizendo que deixe a pasta com o moço.

Teve de levantar a voz, para torná-la enérgica. Passageiros em redor começaram a sorrir. Tive de sorrir também.

Muito a contragosto, Serginho voltou a confiar-me sua querida pasta. Um estranho mereceria carregá-la? E se fugisse com ela? Visivelmente, Serginho suspeitava de minha honorabilidade, e os circunstantes se deliciavam com a suspeita.

Mais alguns quarteirões, Serginho repete a manobra. Desta vez, é radical. Toma sua pasta e a de Raul. Raul protesta:

— Deixa com ele, seu burro. Não vê que eu não posso segurar nada?

A mãe, em apoio de Raul, exprobra o procedimento de Serginho. Este capitula, mas em termos. Só me restitui a pasta do irmão. A sua não correrá o risco. Coloca-a sobre o peito, sob as mãos cruzadas, como levaria o Santo Gral.

— Este menino é impossível. Desculpe, cavalheiro.

Não vejo o rosto da senhora, mas sua voz é doce, e compensa-me da desconfiança do Serginho. Sorrio para este, enquanto retribuo: "Oh, minha senhora, por favor. Até que o seu filhinho é engraçado."

Engraçado? Serginho faz-me uma careta e ferra-me um beliscão. A assistência ri. A mãe ferra outro em Serginho, que dispara a chorar. Bonito. É no que dá carregar embrulho dos outros. O desfecho deste folhetim urbano, contarei na próxima.

*

O escrito anterior finalizou com dois beliscões dentro do ônibus: um em mim, aplicado por Serginho, outro em Serginho, aplicado por sua mãe, como castigo pela careta que ele me fizera. Entre as diferentes maneiras de chorar em público, Serginho escolheu a que rende maior dividendo. Botou a boca no mundo, como se cantasse na ópera e, nos intervalos, denunciou-me. Eu é que o tinha beliscado, quando tentara impedir-me de violar a pasta de seu irmão Raul. E mostrava a pasta entreaberta, em desordem. A senhora mudou de fisionomia, censurando-me, com voz alterada:

— Francamente, cavalheiro! Nunca pensei que o senhor tivesse tamanha coragem!

— Perdão, minha senhora, eu...

— Perdão coisa nenhuma. É inútil explicar. Meu filho tinha razão de não querer deixar as pastas com o senhor. Vir com partes de gentileza para segurar as pastas das crianças, e depois vasculhar o que tem lá dentro! Um senhor de barbas brancas fazer uma coisa dessas!...

Os passageiros em redor acompanhavam com o máximo interesse o desenvolvimento da cena. No olhar de todos, a maligna curiosidade, o prazer de ver o próximo em situação grotesca acendia um lume especial. Não precisei encará-los para observar a reação. Senti que estavam de olhos acesos, saboreando a desmoralização do senhor respeitável.

— Minha senhora – retruquei –, o seu garoto é um imaginativo, simplesmente.

— Mentiroso? O senhor tem o atrevimento de chamar meu filhinho de mentiroso?!

— Imaginativo, minha senhora. Eu disse i-ma-gi-na-ti-vo.

— É a mesma coisa. Imaginativo é mentiroso com água-de-colônia. Fique sabendo que eu educo meus filhos no jogo da verdade.

— Não duvido. Pergunte ao Raul, que viu tudo. Confio no Raul.

— Que Raul? Que intimidade é essa com meu filho mais velho? Desde quando o senhor está autorizado a tratá-lo de Raul?

— Ouvi a senhora chamá-lo por esse nome.

— Eu posso chamá-lo assim, mas um estranho tem lá esse direito? Raul, meu bem, você viu esse senhor abrir sua pasta e dar um beliscão no Serginho?

Raul, moita.

— Diz, meu coração, o homem abriu sua pasta, não foi? Depois deu um beliscão no Serginho, não deu?

— Perdão – arrisquei –, a senhora está forçando a resposta de seu filho.

— O filho é meu, não tenho que lhe dar satisfação. O senhor é que está perturbando o interrogatório. Anda, Raul, diz logo o que você viu, menino!

Nada de Raul abrir a boca. Apelei para ele:

— Escute aqui. Você disse a seu irmão que devia deixar a pasta comigo. Depois disso, você viu, você percebeu qualquer gesto de minha parte, tentando abrir a pasta? Não tenha medo de falar.

Raul respondeu, firme:

— Vi sim senhor. Vi também a hora que o senhor beliscou meu irmão.

— Não é possível!

Raul não disse mais nada. Nem precisava. Eu estava condenado no tribunal das consciências. Envolveu-me a reprovação geral, expressa em murmúrio que soava a meus ouvidos como um brado coletivo: "Crucificai-o!" Todo o ônibus contra mim, como demonstrar minha inocência?

Foi quando apareceu o defensor público. Por mais que se descreia da generosidade das multidões, de dez em dez anos surge um defensor público em socorro dos oprimidos. Era um homem robusto, sanguíneo, de voz forte:

— Calma, senhores e senhoras. Não podemos condenar este passageiro pela simples declaração de duas crianças. Temos de proceder a uma averiguação, temos de ouvir os adultos presentes.

— O senhor também duvida da palavra de meus filhos?! – protestou a mãe ofendida. — Não faltava mais nada. E que é que o senhor tem com isso?

— A senhora tenha a bondade de calar-se, senão vai tudo para o Distrito.

— O senhor é autoridade para nos prender?

— Sou a voz do povo, madame. Não posso ficar calado quando os direitos do cidadão sofrem uma ameaça.

— Comunista é que o senhor é. Subversivo! Motorista, para esse ônibus que tem um subversivo dentro!

— Para! – gritaram uns.

— Não para! – gritaram outros.

— A senhora está muito enganada. Pensa que intimida, me chamando de subversivo? Sou democrata-cristão e estou ao lado da justiça. Senhores e senhoras, alguém viu esse cavalheiro bulir na pasta do garoto e dar o beliscão?

15

Ninguém respondeu. Todos falavam ao mesmo tempo e o ônibus voava. A senhora explodiu:

— Covardes! Ninguém para defender uma mulher com seus dois filhos inocentes!

Aí, manifestou-se o defensor de mulheres e filhos inocentes, outra raridade cíclica, interpelando o defensor público. Este respondeu à altura. A coisa engrossou. O sinal fechou. O ônibus estacou. Não sei como, abriu-se a porta dos fundos e, também não sei como, aproveitando a confusão, fugi. Da rua, ainda ouvi a senhora indignada:

— Pega! Pega! Ladrão de pasta!

Carregar embrulho dos outros, eu, hem? Nunca mais.

III / NA DELEGACIA

— Madame, queira comparecer com urgência ao Distrito. Seu filho está detido aqui.

— Como? O senhor ligou errado. Meu filho detido? Meu filho vive há seis meses na Bélgica, estudando Física.

— E a senhora só tem esse?

— Bom, tenho também o Caçulinha, de dez anos.

— Pois é o Caçulinha.

— O senhor está brincando comigo. Não acho graça nenhuma. Então um menino de dez anos foi parar na Polícia?

— Madame vem aqui e nós explicamos.

A senhora correu ao Distrito, apavorada. Lá estava o Caçulinha, cabeça baixa, silencioso.

— Meu filho, mas você não foi ao colégio? Que foi que aconteceu?

Não se mostrou inclinado a responder.

— Que foi que meu filho fez, seu comissário? Ele roubou? Ele matou?

— Estava com um colega fazendo bagunça numa casa velha da Rua Soares Cabral. Uma senhora que mora em frente telefonou avisando, e nós trouxemos os dois para cá. O outro garoto já foi entregue à mãe dele. Mas este diz que não quer voltar para casa.

A mãe sentiu uma espada muito fina atravessar-lhe o peito.

— Que é isso, meu filho? Você não quer voltar para casa?

Continuava mudo.

— Eu disse a ele, madame – continuou o comissário –, que se não voltasse para casa teria de ser entregue ao Juiz de Menores. Ele me perguntou o que é o Juiz de Menores. Eu expliquei, ele disse que ia pensar.

— Meu filho, meu filhinho – disse a senhora, com voz trêmula –, então você não quer mais ficar com a gente? Prefere ser entregue ao Juiz de Menores?

Caçulinha conservava-se na retranca. O policial conduziu a senhora para outra sala.

— O que esses garotos estavam fazendo é muito perigoso. Brincavam de explorar uma casa abandonada, onde à noite dormem marginais. Madame compreende, é preciso passar um susto nos dois.

A senhora voltou para perto de Caçulinha, transformada:

— Sai daí já, seu vagabundo, e vamos para casa.

O mudo recuperou a fala:

— Eu não posso voltar, mãe.

— Não pode? Espera aí que eu te dou não-pode.

E levou-o pelo braço, ríspida. Na rua, Caçulinha tentou negociar:

— A senhora me deixa passar em Soares Cabral? Deixando, eu volto direito para casa, não faço mais besteira.

— Passar em Soares Cabral, depois desse vexame? Você está louco.

— Eu preciso, mãe. Tenho de pegar uma coisa lá.

— Que coisa?

— Não sei, mas tenho de pegar. Senão me chamam de covarde. Aceitei o desafio dos colegas, e se não trouxer um troço da casa velha para eles, fico desmoralizado.

17

— Que troço?

— O pessoal diz que lá dentro tem ferros para torturar escravo, essas coisas. Eu e o Edgar estávamos procurando, ele mais como testemunha, eu como explorador. Mãe, a senhora quer ver seu filho sujo no colégio, quer? Tenho de levar nem que seja um pedaço de cano velho, uma fechadura, uma telha.

A mãe estacou para pensar. Seu filho sujo no colégio? Nunca. Mas e o perigo dos marginais? E a polícia? E seu marido? Vá tudo para o inferno. Tomou uma resolução macha, e disse para Caçulinha:

— Quer saber de uma coisa? Eu vou com você a Soares Cabral.

IV / NA ESCOLA

Democrata é Dona Amarílis, professora na escola pública de uma rua que não vou contar, e mesmo o nome de Dona Amarílis é inventado, mas o caso aconteceu.

Ela se virou para os alunos, no começo da aula, e falou assim:

— Hoje eu preciso que vocês resolvam uma coisa muito importante. Pode ser?

— Pode – a garotada respondeu em coro.

— Muito bem. Será uma espécie de plebiscito. A palavra é complicada, mas a coisa é simples. Cada um dá sua opinião, a gente soma as opiniões e a maioria é que decide. Na hora de dar opinião, não falem todos de uma vez só, porque senão vai ser muito difícil eu saber o que é que cada um pensa. Está bem?

— Está – respondeu o coro, interessadíssimo.

— Ótimo. Então, vamos ao assunto. Surgiu um movimento para as professoras poderem usar calça comprida nas escolas. O governo disse que deixa, a diretora também, mas no meu caso eu não quero decidir por mim. O que se faz na sala de aula deve ser de acordo com os alunos. Para todos ficarem satisfeitos e um não dizer que não gostou. Assim não tem problema. Bem, vou começar pelo Renato Carlos. Renato Carlos, você acha que sua professora deve ou não deve usar calça comprida na escola?

— Acho que não deve – respondeu, baixando os olhos.

— Por quê?

— Porque é melhor não usar.

— E por que é melhor não usar?

— Porque minissaia é muito mais bacana.

— Perfeito. Um voto contra. Marilena, me faz um favor, anote aí no seu caderno os votos contra. E você, Leonardo, por obséquio, anote os votos a favor, se houver. Agora quem vai responder é Inesita.

— Claro que deve, professora. Lá fora a senhora usa, por que vai deixar de usar aqui dentro?

— Mas aqui dentro é outro lugar.

— É a mesma coisa. A senhora tem uma roxo-cardeal que eu vi outro dia na rua, aquela é bárbara.

— Um a favor. E você, Aparecida?

— Posso ser sincera, professora?

— Pode, não. Deve.

— Eu, se fosse a senhora, não usava.

— Por quê?

— O quadril, sabe? Fica meio saliente...

— Obrigada, Aparecida. Você anotou, Marilena? Agora você, Edmundo.

— Eu acho que Aparecida não tem razão, professora. A senhora deve ficar muito bacana de calça comprida. O seu quadril é certinho.

— Meu quadril não está em votação, Edmundo. A calça, sim. Você é contra ou a favor da calça?

— A favor 100%.

— Você, Peter?

— Pra mim tanto faz.

— Não tem preferência?

— Sei lá. Negócio de mulher eu não me meto, professora.

— Uma abstenção. Mônica, você fica encarregada de tomar nota dos votos iguais ao de Peter: nem contra nem a favor, antes pelo contrário.

Assim iam todos votando, como se escolhessem o Presidente da República, tarefa que talvez, quem sabe? no futuro sejam chamados a desempenhar. Com a maior circunspeção. A vez de Rinalda:

— Ah, cada um na sua.

— Na sua, como?

— Eu na minha, a senhora na sua, cada um no dele, entende?

— Explique melhor.

— Negócio seguinte. Se a senhora quer vir de pantalona, venha. Eu quero vir de midi, de máxi, de *short,* venho. Uniforme é papo furado.

— Você foi além da pergunta, Rinalda. Então é a favor?

— Evidente. Cada um curtindo à vontade.

— Legal! – exclamou Jorgito. — Uniforme está superado, professora. A senhora vem de calça comprida, e a gente aparecemos de qualquer jeito.

— Não pode – refutou Gilberto. — Vira bagunça. Lá em casa ninguém anda de pijama ou de camisa aberta na sala. A gente tem de respeitar o uniforme.

Respeita, não respeita, a discussão esquentou, Dona Amarílis pedia ordem, ordem, assim não é possível, mas os grupos se haviam extremado, falavam todos ao mesmo tempo, ninguém se fazia ouvir, pelo que, com quatro votos a favor de calça comprida, dois contra, e um tanto-faz, e antes que fosse decretada por maioria absoluta a abolição do uniforme escolar, a professora achou prudente declarar encerrado o plebiscito, e passou à lição de História do Brasil.

V / NA POESIA

O rapazinho disse à garota:

— Você precisa ter mais cultura, ouviu? Cultura. Fica aí com essas milongas de Caetano, Gil e não sei que mais, e ignora os verdadeiros mestres da poesia. Já ouviu falar em Camões?

— Já. Um chato.

— Rilke?

— Como é o nome dele?

— Emily Dickinson?

— Sei lá.

— Fernando Pessoa?

— Esse é irmão da Tânia, ora.

— Viu como você é burrinha? Irmão da Tânia coisa nenhuma. Quem é a Tânia para merecer um irmão desse gabarito? Fernando Pessoa, meu anjo, é simplesmente o maior...

— Então são dois. Porque Nandinho eu conheço bem, não é de poesia.

— Podem ser mil com esse nome, nenhum chega aos pés do Fernando Pessoa de que eu estou falando. Qual, você tem jeito não.

— Então, por que você diz que gosta de mim? Procure outra que saiba de cor os nomes de todos esses caras.

— Não tem nada uma coisa com outra. Gosto de você por certos motivos. Gosto de você... até nem sei por quê. Mas fico por conta vendo você tão ignorantezinha em poesia, que para mim é o máximo.

— Pois me dá umas aulas de poesia.

— Depois do carnaval eu dou. Agora você está com a cabeça mal atarraxada. Vamos fazer o seguinte. Te empresto o meu Fernando Pessoa para você dar uma lida salteado e depois conversamos. Muito cuidado com o volume, viu, sua maluca? É de estimação. Se você perder, nem sei o que acontece.

A garota me procurou:

— Posso lhe pedir um favor?

— Dois.

— Estou com um problema sério.

— Esqueceu a pílula?

— Isso é pergunta que se faça? E se eu usasse e esquecesse, era ao senhor que eu recorria?

— Desculpe. Conte o seu problema.

— Meu namorado me emprestou um livro, e o Gibi comeu.

— Quem é o Gibi?

— Meu *fox-terrier* de dois meses. Um cãozinho divino!

— O Gibi comeu o livro. E daí?

— Daí, o livro era de estimação, um tal de Fernando Pessoa. Meu namorado me mata.

— Mas o Gibi papou o livro inteiro?

— Só um pedaço da capa e as primeiras folhas. Quando eu vi e zanguei com ele (zanguei de leve, não bati), já tinha papado.

— E então?

— Meu namorado tem muita história com o senhor. Diz que o senhor também é bacana, embora não tanto quanto Fernando Pessoa.

— Obrigado.

— Comprei outro livro para dar a ele. Caro, hem? esse Fernando Pessoa. Gastei quase toda a mesada.

— Por que não devolve o livro meio comido pelo Gibi? Namorado acha graça em tudo.

— Vou devolver, mas ele não ia achar graça. O Gibi comeu a dedicatória.

— De Fernando Pessoa para seu namorado? Sem essa.

— Era do professor do meu namorado. Foi um prêmio que ele ganhou na Faculdade.

— Ahn.

— O professor mudou para Brasília, como é que vou me arranjar? Então eu queria que o senhor autografasse o livro novo, para eu entregar junto com o velho, e ele ver que fiz o possível para remediar a começão do Gibi.

— Minha filha, por que vou entrar nessa dança? Não sou o professor, não sou o Pessoa, não sou o Gibi.

— Mas o senhor não está compreendendo que o livro tem de ter um autógrafo? A quem é que eu vou pedir? Ao Jorge Ben, ao Chacrinha? Aí é que ele me enforcava mesmo. Me faz esse favorzinho, faz. Bote aí uma coisa lindinha, diz que o Gibi não teve culpa, que ele gostou demais de Fernando Pessoa, pensou que era doce e regalou-se!

Botei. E no exemplar comido, meu autógrafo seguiu com o de Gibi.

PRECE DO BRASILEIRO

Meu Deus,
só me lembro de vós para pedir,
mas de qualquer modo sempre é uma lembrança.
Desculpai vosso filho, que se veste
de humildade e esperança
e vos suplica: Olhai para o Nordeste
onde há fome, Senhor, e desespero
rodando nas estradas
entre esqueletos de animais.

Em Iguatu, Parambu, Baturité,
Tauá
(vogais tão fortes não chegam até vós?)
vede as espectrais
procissões de braços estendidos,
assaltos, sobressaltos, armazéns
arrombados e – o que é pior – não tinham nada.
Fazei, Senhor, chover a chuva boa,
aquela que, florindo e reflorindo, soa
qual cantata de Bach em vossa glória
e dá vida ao boi, ao bode, à erva seca,
ao pobre sertanejo destruído
no que tem de mais doce e mais cruel:
a terra estorricada sempre amada.

Fazei chover, Senhor, e já! numa certeira
ordem às nuvens. Ou desobedecem

a vosso mando, as revoltosas? Tudo
é pois contestação? Fosse eu Vieira
(o padre) e vos diria, malcriado,
muitas e boas... mas sou vosso fã
omisso, pecador, bem brasileiro.
Comigo é na macia, no veludo/lã
e, matreiro, rogo, não
ao Senhor Deus dos Exércitos (Deus me livre)
mas ao Deus que Bandeira, com carinho,
botou em verso: "meu Jesus Cristinho".
E mudo até o tratamento: por que *vós,*
tão gravata-e-colarinho, tão
vossa excelência?
O *você* comunica muito mais
e se agora o trato de você,
ficamos perto, vamos papeando
como dois camaradas bem legais,
um, puro; o outro, aquela coisa,
quase que maldito,
mas amizade é isso mesmo: salta
o vale, o muro, o abismo do infinito.
Meu querido Jesus, que é que há?
Faz sentido deixar o Ceará
sofrer em ciclo a mesma eterna pena?

E você me responde suavemente:
Escute, meu cronista e meu cristão:
essa cantiga é antiga
e de tão velha não entoa não.
Você tem a Sudene abrindo frentes
de trabalho de emergência, antes fechadas.
Tem a ONU, que manda toneladas
de pacotes à espera de haver fome.

Tudo está preparado para a cena
dolorosamente repetida
no mesmo palco. O mesmo drama, toda vida.

No entanto, você sabe,
você lê os jornais, vai ao cinema,
até um livro de vez em quando lê
se o Buzaid não criar problema:
Em Israel, minha primeira pátria
(a segunda é a Bahia)
desertos se transformam em jardins
em pomares, em fontes, em riquezas.
E não é por milagre:
obra do homem e da tecnologia.

Você, meu brasileiro,
não acha que já é tempo de aprender
e de atender àquela brava gente
fugindo à caridade de ocasião
e ao vício de esperar tudo da oração?

Jesus disse e sorriu. Fiquei calado.
Fiquei, confesso, muito encabulado,
mas pedir, pedir sempre ao bom amigo
é balda que carrego aqui comigo.
Disfarcei e sorri. Pois é, meu caro.
Vamos mudar de assunto. Eu ia lhe falar
noutro caso, mais sério, mais urgente.

Escute aqui, ó irmãozinho.
Meu coração, agora, tá no México
batendo pelos músculos de Gérson,
a unha de Tostão, a ronha de Pelé,

a cuca de Zagallo, a calma de Leão
e tudo mais que liga o meu país
a uma bola no campo e uma taça de ouro.
Dê um jeito, meu velho, e faça que essa taça
sem milagre ou com ele nos pertença
para sempre, assim seja... Do contrário
ficará a Nação tão malincônica,
tão roubada em seu sonho e seu ardor
que nem sei como feche a minha crônica.

O SORVETE HÚNGARO

— Este sorvete – informa gravemente o dono da sorveteria – tem sabor diferente de qualquer outro que o senhor possa imaginar. Não digo isso porque é da casa. Já fiz muito sorvete que não era lá essas coisas. Falar verdade, eu não sou sorveteiro, nunca fui. Sorveteiro no sentido de nascer para fazer sorvete e ter consciência do que está fazendo. Fazer sempre bem, não digo sempre melhor, porque sorvete não se aprimora, fique o senhor sabendo. Não se aprende nem se desaprende com o tempo. Ou o homem faz, de vocação, aquele sorvete que é o tal, o único, que põe o freguês delirando, causa uma felicidade para sempre, ou... ou produz isso que há por aí.

Já notou que não existe sorvete no Rio? Eu sabia que o senhor ia citar aquele de Ipanema, um outro de Vila Isabel. E. Não vou dizer que não prestam. São regulares. Nem sou de falar mal de colegas. Me refiro a sorvetes, não a sorveteiros. Podem ser de boa-fé, por que não? Conheço muitos, distintos como pessoas, escrupulosos, eles mesmos escolhem as frutas, não facilitam em matéria de higiene, aplicam suas receitas com exatidão... Vai-se ver, saiu um sorvete chochinho, um açúcar gelado, ou pedrento ou derretido. É o comum, meu senhor. Ninguém sabe fazer sorvete.

Eu também não sei, já disse. Portanto, não pense que desmereço os colegas para me elevar aos cornos da Lua. Então como faço este que, pondo de lado a modéstia, é o grande sorvete do mundo? Ah, o senhor não vai acreditar. E talvez eu não deva tomar o seu tempo com essas coisas. Mas simpatizei com o seu ar. Noto que não é um freguês como os outros, que querem apenas se refrescar, pouco lhes importa o que ponham na boca. Vi pela maneira como olhou para a lista de sorvetes. Como reparou em cada nome de fruta ou sabor, comparando os gostos, refletindo... Sentindo prazer, eu sei, já em pensar nos sorvetes. Não era indecisão. Era prazer. Sim, o amigo sabe o que é sorvete.

Mas não respondi à sua pergunta. Este sorvete que vai provar e nunca mais lhe esquecerá o gosto e lhe dará uma tristeza infinita de não o encontrar em outro bairro qualquer, mesmo em outros países... é segredo de um artista húngaro, que passou pelo Rio há dois anos. Digo artista, porque não merece outro nome. O de batismo não posso dizer. Esqueci. Ou melhor, nunca cheguei a aprender direito como se escreve e se pronuncia. Era um homem estranho, de pouca fala, nos conhecemos por acaso, salvei-lhe a vida com um empurrão, no justo momento em que um carro ia esmagá-lo. Para manifestar sua gratidão, me deu a fórmula.

É uma fórmula que vem passando de pai a filho, desde o século 16 – 16 ou 18, não estou bem certo. Sabe por que os sorvetes de frutos naturais são chamados de italianos? Porque um italiano andou pela Hungria e lá se apossou da fórmula. Apossou-se, é modo de dizer. O italiano fez tudo para roubá-la, cometeu até dois assassinatos, sem conseguir as quinze mágicas. São quinze linhas, não mais. À base de imitação, levou para a Itália um tipo de sorvete que só de longe lembra este meu. Não é a mesma coisa, claro. O verdadeiro sorvete é uma criação de arte de um húngaro falecido há séculos e transmitido como legado de família. Eu sou depositário da fórmula, e pratico-a sem mérito. O meu amigo húngaro, que pouco depois sumiu, tinha no sangue a tradição e a arte de sorvete.

Este o senhor vai tomar por conta da casa. Mas não espalhe, hem? que meu sorvete é diferente de todos os outros do Brasil e do Universo. Ninguém até agora reparou nisso, e não quero complicações. Só me abri com o amigo porque percebi logo que estava à altura de receber minha confidência. Vou-lhe dizer mais: este aqui eu só fabrico para um grupo mínimo de pessoas, os entendidos, os marcados. O resto é para a multidão. Boca de siri, ouviu?

J.C., EU ESTOU AQUI

Jesus Cristo, eu estou aqui. Pode parecer muita petulância de minha parte chamar Sua atenção para este fato aparentemente insignificante: o estar eu aqui neste escritório, e não no Bar-Restaurante Tabu da Barra ou em qualquer outro ponto do território nacional, do qual não me afasto por princípio. Hesitei longamente antes de Lhe fazer esta comunicação. Dizia a mim mesmo: Tem propósito informar Jesus Cristo que estou aqui?

Ele já sabe (refletia) e não deve andar preocupado com a minha localização na Guanabara. Preocupam-nO antes os albergues-do--vento que costumam hospedar minh'alma, e estes às vezes são tão obscuros que, sinceramente, eu não saberia indicar nem a latitude e longitude, nem o aspecto geral do sítio onde a alma costuma pousar, não raro para esconder-se de si mesma. Claro que, fisicamente, em algum local determinável devo estar, e Jesus Cristo tem mais que fazer do que inteirar-se desse local, como se fora eu um subversivo e ele um órgão supremo de segurança.

Depois (continuei matutando), se todos os cristãos erguerem braços e olhos para o céu, como eu agora estou erguendo, para anunciarem o recanto do globo onde se encontram no momento, que pensará Jesus Cristo? Que poderá pensar, senão que estamos todos doidos ou, no mínimo, possuídos de lamentável comichão exibicionista? Por muito bem-intencionado que esteja Ele com relação a nossas ilustres pessoinhas, a natureza e a repetição coral, mundial, da notícia, hão de molestá-lO, pois ninguém, nem mesmo Deus, suportaria a vociferação bilionar de eu estou aqui, eu estou aqui, eu estou aqui. Estou aí, e daí? É o caso de o Senhor nos responder. O Senhor decerto nos perdoará, mas conservando de nós uma triste impressão.

Contudo, Jesus Cristo, permita-me dizer-Lhe que eu estou aqui. Cheguei à conclusão de que devia mandar-Lhe este aviso, para alertá-lO sobre a situação de um ente comum nas atuais condições de vida no planeta a que o Senhor baixou um dia para redimir-nos. Estou aqui, mas é como se não estivesse em parte alguma, de tal modo fui despersonalizado por uma série de fenômenos que tornaram irrelevante, já não digo o estar em alguma parte, mas o ser alguém um ente definido e não outro qualquer, desde sarcomastigóforo, que o livro garante ser espécie mínima do protozoário, até o proboscídeo, hoje representado pelo simpático elefante. Ou mesmo objeto. Sou pessoa ou tamborete, gente ou panela de apito, sou folha de papel, relógio, cadarço, roda de carro, que é que sou afinal? Inda se fosse só isto ou aquilo. Mas sucessivamente me transformam em outra coisa ou coisa nenhuma. Pintam-me de vermelho ou azul, dissolvem-me, condensam-me, baralham-me, anulam-me. Por toda parte ouço ordens, advertências, conselhos, intimações, proibições. Faço o que não quero, se faço; em geral, não me deixam fazer nada, a não ser coçar o nariz. Dizem que sou massa. Mas existe massa, Jesus Cristo, ou criaturas diferentes umas das outras? Dizem que a comunicação é chave da vida, mas por que cada dia nos comunicamos mais dificilmente uns com os outros, e conosco mesmo, à medida que os meios de comunicação se tornam mais refinados e mais poderosos?

Olhe, Jesus Cristo, não reclamo honras especiais, comidas especiais, tapetes especiais, nem estou nesta jogada para atrair sobre mim os holofotes da publicidade. Pelo contrário. Até corro o grande risco de perder o anonimato de átomo, e despertar a atenção preferencial dos poderes que regem o meu destino de átomo, com as consequências que é fácil prever (quando se fala em consequências, já se sabe que são sempre funestas). Queria só uma coisa. Que o Senhor (ia dizer

Você, mas ainda não estou de todo habituado ao novo estilo) faça alguma coisa para salvar outra vez o Homem, tomando conhecimento de que ele, eu, nós todos, estamos aqui muito sem jeito, sem rumo e sem sentido. Quando é que o Senhor volta, Jesus Cristo? Lembre-se de que eu estou aqui aqui aqui. (E o meu caro Gilberto Mendonça Teles, estudioso da estilística da repetição, que me perdoe mais esta.)

PROCURA-SE UM PAI

O rapaz dirigia seu carro pela Avenida Brasil, rumo ao Aeroporto do Galeão, onde ia receber o pai, que voltava do Chile, e eis senão quando...

O resto, imagina-se. Foi naquela noite de fevereiro em que o Rio, mais uma vez, transbordou de seu nome, e a cidade voltou a padecer os desmoronamentos, os desabrigos, as angústias e as mortes injustas de uma enchente. Na rua congestionada, ninguém avançava. Chuva matraqueando, tempo fugindo, todas aquelas pessoas em prisões de lata e vidro, temendo o pior. E o pai que devia chegar às 20 horas. O pai chegando. O pai chegou? Ele não está familiarizado com esta bagunça em forma de cidade. É idoso. Mora em outro estado. Como é que o pai sairá desta?

Inútil pensar nessas coisas, porém elas se pensam por si, na cabeça impotente. Nisto se abre, por milagre, um espaço suficiente para manobra, mas em sentido inverso ao do Galeão. O rapaz, menos por iniciativa própria do que por imposição dos motoristas que vinham atrás, aciona o motor, que pega também por milagre. A duras penas, sem saber como, volta para casa. Madrugada alta quando ele chega, mulher e filhos na maior aflição.

— Meu pai?

— Uê, você não trouxe seu pai? Aqui ele não apareceu.

Nem podia aparecer, claro. O Galeão fora do mapa. Que fazer? Os telefones, naturalmente, mudos. O jeito é esperar que a manhã traga serena claridade, com esperança de aeroporto e salvamento. Sem dormir. Quem dorme numa dessas? O rapaz espera os escritórios se abrirem, na manhã ensopada. Corre ao escritório da companhia de aviação:

— Meu pai, o professor X, chegou?

— Bem, o avião chegou, mas sobre seu pai não podemos informar.

— Como não podem? Então sabem que o avião chegou e não sabem quem veio nele?

— É, não sabemos.

De novo, rumo ao Galeão. O trânsito ainda está difícil, porém não impossível. Pelo caminho, trágicos sinais deixados pelo temporal. No Aeroporto, a pergunta contínua sem sorte:

— Não sabemos se ele desembarcou ou não.

— E a lista de passageiros?

— Não está conosco.

— Está com quem, então?

— Não sabemos.

Um informante, melhor, um desinformante faz ironia:

— Numa sessão espírita, o senhor encontra seu pai.

— Eu só desejo que um dia o senhor se veja na minha situação, para ouvir isto de alguém, e sentir vontade de fazer com ele o que eu sinto vontade de fazer com o senhor.

— Desculpe, eu...

Mas o filho já demandava outro balcão, fazendo a eterna pergunta, e ninguém sabia dizer-lhe onde estava, se é que estava em algum lugar, o pai vindo do Chile. Chile? A palavra soava diferente, como se contivesse não sei que partícula perigosa. As autoridades sabiam tanto quanto a empresa, isto é, nada.

Classificado no *Jornal do Brasil:* Perdeu-se um pai na Ilha do Governador. Botar também no rádio. Meu pai, meu pai. Como pôde sumir assim? Aconselham-me a ir à Polícia Marítima e Aérea, na Praça Mauá. Mas daqui não saio sem vasculhar todo o Aeroporto. Ali está uma garota de chapeuzinho verde...

Felizmente para as histórias confusas de hoje, existe moça de chapeuzinho verde, fada ou coisa semelhante, que descobre o perdido e, de bonificação, ainda sorri para a gente. O rapaz expõe-lhe o problema do pai. Pela primeira vez alguém ouvia, considerava e buscava resolver o problema. Ela saiu e voltou, com outro sorriso no rostinho de relações-públicas.

— Seu pai chegou sem novidade. O nome dele está na relação de passageiros desembarcados.

— E para onde o levaram, que não aparece?

— Para lugar nenhum. Deve ter dormido por aí, até o temporal passar.

— Mas não apareceu em casa.

— A essa hora já deve estar lá. Volte e há de encontrá-lo.

Não é que estava? Calmo, contando à nora e aos netos uma noite em banco de aeroporto, resignado, à espera de o toró passar.

Meu pai! Que susto! Que desinformação! Que alívio! Etc. O rapaz lembrou-se de Londres, onde perdera duas pastas num táxi, com passaporte e tudo, e na manhã seguinte a polícia o chamava para receber de volta os objetos recolhidos por um serviço policial que só não resolve o caso de quem perdeu a memória. Tivera vontade de telegrafar para Londres: Procurem meu pai na enchente aqui no Brasil. Felizmente, repito, a moça de chapeuzinho verde, sozinha, valia tanto quanto a Metropolitan Police.

SEBASTIÕES, NO DIA DELES

Dia de São Sebastião, dia dos Sebastiões. Não sei por que ninguém comemora no Brasil, com cânticos, velas, uísque ou refrigerante, como se fosse o do seu próprio aniversário, o dia do santo que lhe corresponde. O bom costume europeu, transplantado para a América hispânica, não pegou neste país essencialmente cristão, amante de feriados, facultativos e festas. Nossos Joões, Apolinários, Eusébios, Doroteias, Gertrudes e Joanas não se oferecem esse dia de jubilação individual, que lembra o fato de termos no céu um importante xará incumbido de administrar nossa felicidade.

Verdade seja que os santos sofrem cada vez mais a pressão dos tempos, e são substituídos por outros, depois de cassados ou reduzidos em sua glória. Lá um dia o cristão abre o jornal e vê que seu nome de batismo vale apenas como folclore; no hagiológio, não figura mais. Nossa Bárbara Heliodora, que tanto faz pelo teatro, perdeu no ano atrasado sua padroeira, convertida em mero personagem de uma vaga tragédia do século 3; só lhe resta, de concreto, a Heliodora da conspiração mineira, mesmo assim sujeita a retificações históricas. Não há mais garantia para nomes.

O próprio São Sebastião existe ainda? Há dois anos foi declarado que não. Entretanto, ele apareceu por aqui em 1567, a 20 de janeiro, e ajudou os portugueses a vencer tamoios e franceses no combate de Uruçu-Mirim. Escapou mesmo de uma flechada, que foi atingir a Estácio de Sá. Não parece das páginas mais edificantes da vida do Santo essa participação numa briga colonialista, em favor de uma das partes, mas os santos devem saber o que fazem. A batalha das canoas, já no ano seguinte, vira Festa das Canoas, na mais pura linha carioca de folguedo. Não adianta nos apresentarem o Santo, ou ex-Santo, condecorado de feridas, ali no Russell. Esta cidade nasceu para transformar o sofrimento em samba, e sua história não se escreve no Instituto, mas no carnaval, em enredos cantados.

Isto posto, que fazem os Sebastiões que não convidam a gente para beber e comer com eles, no dia deles? Proponho o costume. Conversaríamos sobre o redondo nome Sebastião na história, nas letras, na vida de cada um. Nome de santo e de reis, nome de peixe (*Mustelus canis*) e de pássaro (*Lipaugus vociferans*, que horror), papo fácil de puxar, basta abrir o dicionário, letra S. Nossa língua é uma graça: uma galinha-silvestre da Bahia atende por sebastião-da-mata; sebastião-de-arruda é como você deve chamar o pau-rosa. Segundo mestre Aires da Mata Machado, "sebastião" é o mesmo que "matias", e este quer dizer pateta, mas deixa pra lá. O de que ninguém me convence é que os negócios relativos ao Rio devam ser designados como sebastianopolitanos; é demais. Concordo em chamar de sebastianista, não já aquele que espera a volta da monarquia, mas o que ainda protesta contra as coxas de fora, e se arrepia diante do palavrão usado oportunamente.

Depois de sebastianizar ou sebastiofilosofar bastante, teremos apurado o senso de convivência em torno de nomes bons, antigos e inspiradores de gratas histórias. Será uma etapa vencida para a reconquista (ou conquista, quem sabe) da vida-como-paz, em lugar da vida-como-guerra. Cada dia do ano consagrado aos Joões, aos Raimundos, aos infinitos Josés e Paulos e Pedros; no dia em que o nome fosse inospitaleiro, desses nomes inenarráveis, bem, fazia-se uma pausa, ou combinava-se que o portador do nome, provisoriamente, passava a chamar-se por outro mais eufônico ou propício à confraternização. E o mundo seria outro, com afeto e garrafa.

Por enquanto, são devaneios meus. Acordo para saudar os Sebastiões, na pessoa do excelente Sebastião Macieira, da Editora José Olympio, digno representante da classe. É um livro de delicadeza.

A FESTA

I / CARNAVAL 1969

A festa acaba impreterivelmente às 4 da matina
mas se houver vaia
continuará até às 5.
Wilza Carla de ovos de ouro distribui pintos de prata
à distinta comissão julgadora
indecisa entre Tason, o Ídolo de Marfim
e Eleonora de Aquitânia *à la tour abolie*.
Helena entra a cavalo.
Pode não, pode não, cavalo não é paietê.
Prego! pregou na hora e vez de desfilar.
Minuto de silêncio corta o samba
em duas fatias doloridas de nunca-mais.
Naval navega onde que não vejo?
70 PMs, 40 detetives especializados
engrossam o *golden-room* do Copa.
Ford e Verushka, o Poder e a Glória,
dividem entre si o terceiro mundo
mas resta sempre um quarto, um quinto um
solivagante Eu Sozinho a carregar
todo o peso da graça antiga na Avenida.
Boneco gigante prende o passarinho na gaiola,
embaixo o letreiro: SOL E ALEGRIA.
Salgueiro ao sol
abafa no atabaque e na harmonia.
A gata de *vison* arranha a bela

acordada nos bosques de Portela.
Dante já não escreve: assiste
à divina comédia de Bornay.
Machado de Assis segue no encalço
de Capitu metida num enredo
mano a mano com Gabriela amor-amado.
Turistas fantasiados de
turista
em vão tentam galgar o olimpo das bancadas.
Pau comeu.
400 músicas gravadas,
6 ou 7 cantadas,
52 mortos em desastre,
17 homicídios,
suicídios 5,
2 fetos,
355 menores apreendidos,
400 garis a postos
para varrer o lixo da alegria.
É cedo, espera um pouco; Chave de Ouro,
festa depois da festa, enfrenta o gás
e o cassetete.
Júri soberano,
os grandes derrotados te saúdam.
Júri safado,
premiou fantasia do baile de 1920.
Pobre júri de escolas,
20 horas, 20 anos indormidos.
A noite cobre a noite do desfile
interminável qual fio de navalha
e deixa cair a peteca.
Que é que eu vou, que é que eu vou dizer em casa.
Levanta a cabeça,

já não precisas dizer nada.
A moça no pula-pula do salão
perdeu o umbigo.
Quem encontrar favor telefonar,
será gratificado.
Bem disse Nana Caymmi: Carnaval
me dá falta de ar.
E resta um bafo da onça na calçada
junto a um confete roxo e um pareô
sem corpo, nu e só, ô ô ô ô.

II / CARNAVAL 1970

Quatrocentas mil pessoas fogem do Rio
duzentos mil pessoas correm para o Rio
inclusive travestis, que um vale por dois.
A festa assusta e atrai, a festa é festa
ou um raio caindo na cidade?

Que peste passou no ar e foi matando
formas simples de vida costumeira?
A cidade morreu nos escritórios,
nas indústrias, nas lojas. Bairros inteiros
petrificados em mutismo. Janelas
trancadas em protesto ou submissão.
A cidade explode nos clubes
cantansambando
sambatucando
vociferapulando.
Estoura no asfalto em flores furta-cores girandólias
entre florestas metálicas batendo palmas e vaiando
entre postes fantasiados e vinte mil policiais.

Explode meu Rio e sobe,
até a Lua vai a nave da rua
e sambaluando exala em quatro noitidias
queixumes recalcados o ano inteiro.

A decoração desta cidade
eram mares, montanhas e palmeiras
convivendo com gente.
Acharam pouco. Há muitos anos
acrescentam-se bonecos de plástico, sarrafos
em fila processional sobre as cabeças,
brincando no lugar dos que não brincam
ou mandando brincar, ordem turística.

E meu Rio bordado de palhaço
brincou na pauta, brincou fora da pauta.
Brincar é seu destino, ainda quando
há desrazões de ser feliz,
ou por isso mesmo, quem entende?
(Quem quiser que sofra em meu lugar.)
E repetiu os gestos, renovando-os
um após outro, como se este fosse
o carnaval primeiro sobre a Terra
ou o último carnaval, adeus adeus.

> E foram todos
> ao primo baile
> do Municipal
> e os ouropéis
> das fantasias
> monumentais
> ninguém sonhara
> tão divinais

    e as escolas
    de samba autêntico
    (menos ou mais)
    nunca estiveram,
    caros ouvintes,
    tão geniais.
    Meu Deus, acode,
    este samba é demais.

Na tribuna computadores críticos
analistas, objetivos: "Não foi bem assim.
A bateria deixou a desejar.
Aquele prêmio? Plágio de plágio
de 58 (veja nos arquivos).
Faltou isso & aquilo, faltou garra,
faltou carnaval ao carnaval."
Ah, deixa falar, deixa pra lá.
Deixa o cavo coveiro resmungar
que há longo tempo o grande Pan morreu.
No bafo da festa da onça
na vibração da pluma do cacique
no rebolado de Dodô Crioulo
no treme-treme de bloco frevo rancho
na bandeira branca da paz e mais amor,
todo carnaval
é o bom é o bom é o bom.

E ficou barato o pagode, meu compadre?
Oh, quase nada: todos os enfeites
não chegam a um milhão e meio de cruzeiros
novos: contas radiantes de colar
no colo da cidade à beira-mar.
E quem fez os coretos do subúrbio?

Foi o subúrbio mesmo, na pobreza
sem paietê, que finge de brincar
na distância, no ermo e profundeza
de buracos de estrada por tapar.

Mas deixa pra lá, deixa falar
a voz da Penha, de Madureira e Jacarepaguá.
O carnaval é sempre o mesmo e sempre novo
com turista ou sem turista
com dinheiro ou sem dinheiro
com máscara proibida e sonho censurado
máquina de alegria montada desmontada,
sempre o mesmo, sempre novo
no infantasiado coração do povo.

ELEFANTES

Órgãos oficiais, da União e do estado da Guanabara, examinam neste instante uma questão de interesse para a coletividade: se o governo indiano oferecer novo casal de elefantes, poderemos aceitar a dádiva? em que condições? como hospedar os elefantes? etc.

Para esclarecimento dos leitores, procurei o Sr. Murilo Taborda Júnior, Diretor do Departamento Federal de Proboscídeos, que, em seu gabinete de trabalho na Floresta do Engenho Novo, gentilmente atendeu à minha curiosidade:

— Sr. Taborda, como encara o problema da possível doação de mais dois elefantes indianos à Guanabara?

— Encaro de frente, como costumo fazer com relação a qualquer problema afeto à minha área de competência. Acabo de receber de nossos agentes censitários a estatística geral de elefantes sediados no território nacional e, à luz desses e de outros elementos positivos, me pronunciarei no devido tempo, lugar e circunstância.

— Gostaria de conhecer a estatística. É sigilosa?

— Absolutamente. No que nos tange, não costumamos sonegar nenhum aspecto da realidade. Nosso computador da terceira geração está processando os dados, mas posso adiantar-lhe, pois eu mesmo somei tudo a lápis, que existem no Brasil, em caráter permanente, oito milhões quinhentos e dezessete mil e quatrocentos elefantes identificados.

— Não diga.

— Meu caro jornalista, não sou eu que estou dizendo, são os números. Uma vez analisada a localização dos elefantes nas diferentes regiões, e ponderados fatores de saúde pública, segurança e outros, relacionados com a distribuição irregular que vinha sendo permitida pelo governo, em outros tempos (note bem: em outros tempos), estaremos em condições de opinar sobre o caso em tela.

— Quer dizer que há elefantes demais em alguns pontos, e de menos em outros?

— Realmente, observa-se no litoral atlântico uma dosagem excessiva de elefantes, o que tumultua o equilíbrio ecológico e até certo ponto a paz social. No interior, registramos zonas totalmente desprovidas, e há mesmo compatrícios nossos que jamais viram esse animal, não obstante as inúmeras espécies que possuímos.

— Inúmeras? Como assim?

— Vejo que o senhor ignora as peculiaridades nacionais concernentes ao elefante. O fantástico poder de assimilação e transformação que caracteriza este país fez com que os primeiros elefantes aqui introduzidos se fossem modificando em seus genótipos, a ponto de uns se tornarem voadores e outros aderirem à condição de peixe. Isso estabeleceu confusão zoológica e científica. É dificílimo classificar um elefante. Seu aspecto físico dá margem a grandes surpresas. Em certos casos, nem a tromba nem as presas nem a massa corporal são apreensíveis ao primeiro exame. O todo confunde-se com o dos mais diversos animais. Finalmente, temos elefantes invisíveis, exibidos com sucesso em clubes e corporações. O elefante portátil...

— Interessante. Mas, e os asiáticos, que se anunciam?

— Pessoalmente, sou mais favorável ao elefante asiático do que ao africano. Aquele é mais dócil, para não dizer mais suave que este. Elefante, porém, engana muito. Nunca se sabe o que ele é, no fundo. Não possuímos ainda um Instituto de Pesquisas Elefantinas, que seria órgão auxiliar de consulta do nosso departamento. Trabalhamos sem verba, como é fácil verificar: basta olhar em volta e ver que minha mesa de trabalho está sob um toldo de palha, em pleno capoeirão. Nossos técnicos, dedicadíssimos, trabalham com tempo integral e vencimentos atrasados. Nossos estagiários, entre os quais figuram mesmo elefantes urbanizados, de porte reduzido, fazem o possível para suprir as deficiências estruturais do departamento. Mesmo assim...

— Posso concluir que é pela aceitação do presente?

— Não conclua nada. O próprio elefante ainda é um animal inconcluso; a prova são as metamorfoses que vem experimentando em nosso habitat. O assunto exige estudos maiores, estamos apenas no á-bê-cê da ciência da aculturação dos elefantes, a respeito da qual já escrevi um tratado: é este. Se quiser, pode folheá-lo, mas não entenderá grande coisa. Eu tenho quarenta anos de especialização em Paquidermiologia, e apenas engatinho na estrada do grande mistério que é um elefante. E olhe que tenho me esforçado. Aqui entre nós: procuro sentir, viver o elefante, vivenciá-lo. Já adquiri certas maneiras dele... Quer ver? Não, longe de mim a ideia de imitar o Iauaretê de Guimarães Rosa... É o zelo do ofício, compreenda. Repare como já aprendi a barrir. Buuuuu... Nhmmm... Huuum... Não, não fuja! Não vou trucidá-lo com a tromba... Coitado, desmaiou.

OBRIGADO, MEU VELHO

Quando a gente tinha um problema de ordem moral... nem precisava ser de ordem moral, às vezes um desses probleminhas comuns do cotidiano, o jeito era telefonar a Rodrigo. Para pedir conselho, pedir interferência, ou simplesmente desabafar. Os mais aflitos irrompiam sem aviso prévio em seu gabinete de trabalho na DPHAN. Encontravam-no curvado sobre o papelório, com olhos míopes, desligados do mundo, lendo processos ou redigindo pareceres em que o escritor, o artista, o advogado e o homem público se unificavam numa visão perfeita da matéria. Rodrigo interrompia a tarefa sem demonstrar enfado (sabe Deus como aquele serviço era urgente), abria um sorriso para o visitante ("oh, querido") e logo dedicava ao casinho particular do amigo a mais desvelada atenção.

Assim era ele, assim o restituo ao nosso convívio, neste primeiro aniversário de sua morte. Alô, Rodrigo, como vai? Você precisa criar coragem e completar aquela operação na vista. Não tem tempo? Deixe disso, homem de Deus. Largue um pouco essa lida no Conselho de Cultura, depois de mais de 30 anos de lida na DPHAN. Procure esquecer por alguns momentos que há sobrados oitocentistas caindo aos pedaços por falta de verba para restaurá-los, ou por falta de liberação da pequena verba destinada à restauração. Não leve para casa a angústia daquele monumento em ruínas, daquele chafariz que o caminhão desembestado reduziu a cacos, daquela Prefeitura que mandou botar meia dúzia de leprosos no casarão para impedir a vistoria, daquele bispo que trancou a igreja para você não levar lá dentro os seus técnicos incumbidos de raspar a absurda pintura nova e recompor a douração original. Você perdeu aquela causa contra a imobiliária que pretende erigir um edifício de apartamentos tapando completamente a vista daquela igrejinha encantadora sobre a baía? Mas vejo que o recurso à instância superior já está preparado, e vejo mais que você mesmo redigiu as razões do procurador da República, para defender o interesse da União...

Ah, pobre Rodrigo, todas as dores do Patrimônio Histórico, todas as ofensas ao que constitui o bem artístico do país recaem sobre os seus frágeis ombros, e você, pequenino, você, pobre e desinteressado de renome e poder, se impôs a obrigação de não deixar passar nenhum atentado sem acudir para remediá-lo, quando não fosse possível impedi-lo. Daqui estou assistindo ao filme de aventuras que foi sua vida aparentemente sem aventura: a luta contra o tempo, que corrói a pedra e gera o esquecimento; contra a ignorância, a cobiça, a rotina, o desamor, a incompreensão dos próprios homens que deveriam ter o maior interesse em receber a ajuda salvadora dos bens ameaçados, por serem donos deles. Que áfrica, Seu Rodrigo! E você nunca perdendo esta sua maneira comedida, e civilizada de lutar, como quem estivesse pedindo desculpas ao adversário por ter de aplicar-lhe umas pancadas no lombo... Firmeza sem dramaticidade. Horror ao cartaz, à criação da imagem do herói civil, que tudo sacrifica à sua causa. Na realidade, foi a vida toda que você dia a dia sacrificou, no monótono, espinhoso e amargo emprego público a que foi solicitado, e no qual abriu uma perspectiva nova para a cultura brasileira, pela integração do passado no presente, como força vitalizadora. Você pôs em circulação uma ideia, e elaborou os modelos que a tornaram acessível ao entendimento. Não conseguiu tudo que desejava, e sofreu com isso, mas o que fez aí está bem visível, intimando os outros a prosseguir no trabalho.

Não desconverse, amigo, deixe que eu o louve e lhe agradeça todo o bem público que você espalhou por aqui. Agora você não pode protestar, fechar-se na sua concha. A vida completa abre-se ao julgamento, e vemos que foi uma beleza em sua discrição exemplar e em seu devotamento absoluto. Quanta coisa lhe ficamos devendo. E a maioria nem sabe que deve, mas isso que importa? Somos todos devedores. Você nunca foi de cobrar dívidas. Você sempre foi de dar sem receber. Já não falo no campo da amizade, que há de ficar defeso à curiosidade geral. Basta dizer que você foi o amigo, e quem entende esta palavra dá-se por satisfeito. Agora entendo, por minha vez, que você estendeu sua concepção de amizade, do plano individual ao plano nacional, e foi verdadeiramente, com a mais deliciosa modéstia, o amigo do seu país, aquele amigo que não descansa, não vacila, não regateia serviço. Sim, você foi esse amigo de nós todos: na surdina, e perfeito. Obrigado, meu velho.

LITERATURA

Noite de autógrafos de todos os editados, o salão assim de cheio.
— Mas que calor!
— Ainda bem que está circulando o *on the rocks*.
— É o meu autor preferido.
— No original ou em tradução?
— Repara no vestido daquela ali.
— Não é vestido. É ela mesma, por transparência.
— O glorioso romancista poderia dizer duas palavras ao microfone cultural da Rádio Universo?
— Desculpe, mas no momento…
— Diga assim mesmo. Qual é o livro que está autografando?
— Este que o senhor está vendo.
— É a sua última obra?
— Com licença. Meu nome é Cristina.
— Cristina com h ou sem h?
— Com ípsilon.
— Interessante. No lugar do primeiro ou do segundo i?
— Dos dois.
— Pois não, Crystyna. Vou ver se escrevo direitinho o seu nome. Mas você não me respondeu se é com h ou sem h.
— Pode botar com h.
— Já botei. Fica realmente mais original.
— *OK. Ciao.*
— Seu nome?
— Não está me reconhecendo?

51

— Assim à primeira vista...

— Sou aquele rapaz que foi à sua casa no ano passado.

— Ahn...

— Levar uns originais para o senhor ler.

— E eu li?

— O senhor disse que...

— Agora já pode dizer as duas palavrinhas para os ouvintes da Rádio Universo, ilustre romancista?

— Bem, eu continuo ocupado, o senhor compreende...

— De qualquer maneira, nossos ouvintes gostariam de saber se está satisfeito com o sucesso do seu atual *best-seller*.

— Vai me perdoar, eu lembro que você esteve lá em casa, sim, foi à noite, não foi? Mas não estou bem lembrado do seu nome.

— Clodoveu.

— Isso: Clodoveu. Esta cabeça não está funcionando mais, Clodoveu. Pronto. Aqui está o seu exemplar.

— Para meu filho Artur.

— Que idade tem o Artur?

— Oito.

— Acha que, nessa idade, ele...

— Vai ler quando crescer.

"A Artur, para quando crescer, com um abraço do autor. Não rasgue nem jogue fora este livro, hem?"

— Gostaria que o senhor autografasse este romance de Erico Verissimo.

— Perdão, mas por que não pede ao Erico?

— Ele já autografou. Mas como eu admiro muito os dois, queria que ficassem juntos nesta página.

— A Rádio Universo, prosseguindo em sua reportagem cultural, traz ao seu microfone o ro...

— Tem pena, meu filho, deixa eu assinar em paz estes livrinhos.

— Coitado. Todos traçando uísque, e ele trabalhando de caneta.

— Autor não pode beber. Acaba derramando no papel. Um ensopou a pilha inteira de livros, e ainda sobrou uísque para o paletó do senador.

— Nem canapés ele pode comer. Não dá.

— O nome?

— Quero só a sua assinatura. Obrigada.

— Eu quero uma bem castigada, com *champignon* e tudo.

— Este é para Carlota, que está fazendo aniversário. Ponha uma palavrinha sobre a data.

— Para Luísa e Heloísa.

— Em condomínio?

— São gêmeas.

— Cuidado com a mesa. O autor está ficando imprensado entre a mesa e a parede.

— É a glória.

— Não. É a fila, que empurra.

— Desculpe, minha senhora, o borrãozinho na página. Para disfarçar, desenhei um bonequinho, e ficou pior.

A FILA E O QUE SE FALA NA FILA

— O cavalheiro pode me informar se esta fila é para pagar imposto?

— Não senhor. É para provar que pagou imposto.

— Então deve ser uma dessas aí ao lado.

— São todas para provar, não são para pagar.

— E por que precisa provar?

— Porque se não provar que pagou, paga outra vez, com multa.

— Ah!

O "ah!!" repete-se a cada instante, na imensa galeria de estação ferroviária que é o saguão do Ministério da Fazenda. Não só o "ah!". Outras exclamações (dessas ouvidas em teatro) e outros espantos cruzam no ar, ao longo das filas longas, quase imóveis, diante de oito ou nove guichês, cada um deles incumbido de atender a oito mil supostos faltosos contribuintes do Imposto de Renda.

— Que brincadeira é essa? Estou dando duro no trabalho, de repente chega uma intimação para eu vir aqui no prazo de cinco dias mostrar os recibos, sob pena de me cobrarem judicialmente aquilo que eu paguei há dois anos!

— Ora, o País precisa aumentar a arrecadação. Então inventaram essa bossa de cobrar de novo a quem perdeu o recibo. Como ninguém guarda papel no Brasil, a não ser o João Condé...

— Mas se eles perderam os comprovantes do meu pagamento, eu é que tenho de achar para eles? "Oras bolas", como disse a *Miss* Brasil na televisão.

— Preferível a gente não pagar a primeira vez. Assim escapa de pagar a segunda. No Brasil, pagar é muito perigoso.

— É mesmo, sô. Se eles perderem o comprovante do pagamento pela segunda vez são muito capazes de cobrar pela terceira.

— A melhor é que o Delfim também foi intimado e não achou os recibos. Está quicando.

— E o marechal? Soube de fonte limpa que ele jurou que não paga outra vez, nem que seja fuzilado e cassado.

As filas arrastam-se imperceptivelmente, no calor danado. O contribuinte que consegue chegar ao guichê, depois de uma hora de espera, entrega os comprovantes. O funcionário anota os dados, e devolve a papelada com este carimbo na intimação: "Compareceu".

— E não agradecem o comparecimento! Não pedem desculpas! Nem sequer fomos convidados! Fomos intimados, como devedores relapsos!

— Olha o vovô pensando que isso aqui é recepção na Corte da Inglaterra.

— Ele está com a razão. Menos carimbo e mais carinho para quem pagou, uai.

— Pois é. Fui pagar meu imposto no Banco do Brasil, deu nisso. A Fazenda não recebeu.

— A senhora acredita que o Banco do Brasil é capaz de...?

— Sei lá, moço. Hoje em dia acredito em tudo. Vivi quarenta e sete anos com meu marido, punha a mão no fogo por ele, um belo dia fugiu com a sirigaita da minha sobrinha.

— Perdão, minha senhora, eu também paguei no Banco do Brasil, fui lá ontem e eles me mostraram cópia do expediente comunicando ao Imposto de Renda todos os recebimentos.

— E o que é que eles aqui fizeram com os comprovantes?

— Sei lá. Jogaram fora, era papel demais.

— Tacaram fogo.

— Comeram.

— Ouvi dizer – não garanto – que...

— Como é? Diga, diga.

O homem olhou por perto, viu os guardas:

— Eu, hem?

— Fazer a gente pagar de novo porque não tem certeza se recebeu: isso é Kafka! Puro Kafka!

— Kafka na América Latina é café pequeno.

— Ao menos se servissem para a gente uma xícara de café pequeno – suspirou o último da fila, que começava a queixar-se de cãibra nas pernas.

Mas a cãibra era geral.

FALTA UM DISCO

Amor,
estou triste porque
sou o único brasileiro vivo
que nunca viu um disco voador.
Na minha rua todos viram
e falaram com seus tripulantes
na língua misturada de carioca
e de sinais verdes luminescentes
que qualquer um entende, pois não?
Entraram a bordo (convidados)
voaram por aí
por ali, por além
sem necessidade de passaporte
e certidão negativa de IR,
sem dólares, amor, sem dólares.
Voltaram cheios de notícias
e de superioridade.
Olham-me com desprezo benévolo.
Sou o pária,
aquele que vê apenas caminhão
cartaz de cinema, buraco na rua
& outras evidências pedestres.
Um amigo que eu tenho
todas as semanas vai ver o seu disco
na praia de Itaipu.
Este não diz nada para mim,
de boca, mas o jeito,

os olhos! contam de prodígios
tornados simples de tão semanais
apenas secretos para quem não é
capaz de ouvir e de entender um disco.
Por que a mim, somente a mim
recusa-se o OVNI?
Talvez para que a sigla
de todo não se perca, pois enfim
nada existe de mais identificado
do que um disco voador hoje presente
em São Paulo, Bahia,
Barra da Tijuca e Barra Mansa.
(Os pastores desta aldeia
já me fazem zombaria
pois procuro, em vão procuro
noite e dia
o zumbido, a forma, a cor
de um só disco voador.)
Bem sei que em toda parte
eles circulam: nas praias
no infinito céu hoje finito
até no sítio de outro amigo em Teresópolis.
Bem sei e sofro
com a falta de confiança neste poeta
que muita coisa viu extraterrena
em sonhos e acordado
viu sereias, dragões
o Príncipe das Trevas
a aurora boreal encarnada em mulher
os sete arcanjos de Congonhas da Luz
e doces almas do outro mundo em procissão.
Mas o disco, o disco?

Ele me foge e ri
de minha busca.

Um passou bem perto (contam)
quase a me roçar. Não viu? Não vi.
Dele desceu (parece)
um sujeitinho furta-cor gentil
puxou-me pelo braço: Vamos (ou: plnx),
talvez...?;
Isso me garantem meus vizinhos
e eu, chamado não chamado
insensível e cego sem ouvidos
deixei passar a minha vez.
Amor, estou tristinho, estou tristonho
por ser o só
que nunca viu um disco voador
hoje comum na Rua do Ouvidor.

AQUELE CASAL

Aquele casal, o marido me honra com suas confidências:

— Ultimamente, a Elsa anda um pouco estranha. Não sei o que é, mas não me agrada a sua evolução.

— Como assim?

— Deu para usar estampados berrantes, de mau gosto, ela que era tão discreta no vestir.

— É a moda.

— Pode ser o que você quiser, porém minha mulher jamais se permitiu esses desfrutes.

— Deixe Dona Elsa ser elegante. Não há desfrute em seguir o figurino.

— Se fosse só o figurino. São as maneiras, os gestos.

— Que é que têm as maneiras, os gestos?

— A Elsa parece uma menina de quinze anos. Ficou com os movimentos mais leves, um ar desembaraçado que ela não tinha, e que não vai bem com uma senhora casada.

— Posso dar opinião? As senhoras casadas não perdem a condição feminina, e podem até realçá-la por uma graça experiente.

Fixou-me, suspeitoso:

— Que é que está insinuando?

— Nada. A mulher casada desabrochou, não é mais um projeto, pode revelar melhor o encanto natural da personalidade.

— Pois fique com suas teorias, que eu não quero saber de minha mulher revelar seu encanto a ninguém.

— Perdão, eu...

— Já sei. Estava querendo desculpar a Elsa.
— Desculpar de quê?
— De tudo que ela vem fazendo.
— Eu ignoro tudo, e adivinho que não há nada senão...
— Senão o quê?
— Aquilo que o dicionário chama de ente de razão, uma fantasia completamente destituída de razão.
— Acha então que estou maluco?
— Acho que está sonhando coisas.
— E a flor que ela trouxe ontem para casa é sonho? Me diga: é sonho?
— Que é que tem trazer uma flor para casa?
— Veio do oculista e trouxe uma rosa. Acha direito?
— Por que não?
— Eu apertei, ela me disse que foi o oculista que deu a ela. Estava num vaso, ela achou bonita, ele deu.
— E daí?
— Então uma senhora casada vai ao oculista e o oculista lhe dá uma rosa? Que lhe parece?
— Que ele é gentil, apenas.
— Pois eu não vou nessa de gentileza de oculista. Não há rosas nos consultórios de oftalmologia. E que houvesse. Tem propósito uma coisa dessas? Ela acabou chorando, dizendo que eu sou um bruto, um rinoceronte. Engraçado. Minha mulher vem com uma rosa para casa, uma rosa dada por um homem, e eu não devo achar ruim, eu tenho que achar muito natural.
— Desde quando é proibido uma senhora ganhar flor de uma pessoa atenciosa? Que sentido erótico tem isso?
— Tem muito. Principalmente se é rosa. Ora, não tente negar o significado das ofertas florais entre dois sexos. O oculista não podia dar essa flor, nem ela podia aceitar. O pior é que não deve ter sido o oculista.

61

— Quem foi, então?

— Sei lá. Numa cidade do tamanho do Rio, posso saber quem deu uma rosa a minha mulher?

— Vai ver que ela comprou na loja de flores da esquina, e disse aquilo só para fazer charminho.

— Ela nunca fez isso. Se fez agora, foi para preparar terreno, quando chegar aqui uma corbelha de antúrios e hibiscos.

— Não diga uma coisa dessas.

— Digo o que penso. Estou inteiramente lúcido, só me conduzo pelo raciocínio. Repare no encadeamento: os vestidos modernos; os modos (só vendo a maneira dela sentar no sofá); a rosa, que ela foi correndo levar para a mesinha de cabeceira do quarto. Cada uma dessas coisas é um indício; reunidas, são a evidência.

— Permita que eu discorde.

— Discorda sem argumentos. A Elsa não é mais a Elsa. Demora mais tempo no espelho. Fica olhando um ponto no espaço, abstrata. Depois, sorri. Estou decidido.

— A quê?

— Vou segui-la daqui por diante. Contrato um detetive. E logo que tenha a prova, me desquito.

— Não vai ter prova nenhuma, juro. Ponho a mão no fogo por Dona Elsa.

— Pensei que você fosse meu amigo. Fiz mal em me abrir. Vamos mudar de assunto, que ela vem chegando. Mas repare só que olhos de Capitu que ela tem, eu nunca havia reparado nisso!

Esquecia-me de dizer que meu amigo tem 82 anos, e Dona Elsa, 79.

NOITE NO AEROPORTO

Na noite fria da Pampulha, aguarda-se a partida de um avião. E ele não pode partir, pois nem sequer chegou. Tardará a chegar: ainda está voando para Brasília, de onde regressará a Belo Horizonte, e só então seguirá para o Rio.

Atraso previsto de 5 horas e meia. O senhor não prefere viajar amanhã? Passageiros desistem, retornam à cidade. Outros permanecem, dispostos a duelar com o tempo. Olham com inveja (e ressentimento?) viajantes mais afortunados, com destino a São Paulo, que seguirão no horário.

A solução é o senta-levanta, e percorrer a passos lerdos a extensão gelada do aeroporto, sob o vento encanado: ler atentamente avisos e leis que estão sempre afixados em qualquer ponto do País, não se sabe bem para que, talvez para ajudarem a espera de alguma coisa ou de coisa nenhuma. Com sentido na valise, é claro. Ir ao café. Comprar revistas, sem paciência de ler reportagens sobre problemas nacionais e mundiais, se nosso minúsculo e chato problema é gastar 5 horas e meia de vida na expectativa de um voo que talvez seja cancelado, e recomeçar amanhã. Descrença total no progresso maquinário instala-se na mente aborrecida.

Vai-se acalentá-la no restaurante do pavimento superior, a que se chega por uma escada de afugentar artríticos e cardíacos esfomeados. Mas o uísque tranquilo perturba-se ante a invasão do grupo de rapazes e moças que entoam, com ruidosa convicção, contra a evidência dos fatos, "Está chegando a hora". Despencamo-nos escada abaixo.

Garotos-mostruários de miséria circulam pedindo auxílio. Quase não têm camisa, são subnutridos e velozes. Surgem, somem, surgem, isolados ou aos pares. São quatro, cinco, são mil? de tal modo a pobreza repete seus estereótipos. O tempo, imóvel, assiste ao balé dos meninos.

O senhor não quer um táxi aéreo? alguém pergunta, como se oferecesse uma xícara de café. Há quem aceite, menos pela urgência de chegar do que para fugir à congelada expectação. Obrigado, é preferível outro café mesmo. Mas o cafezinho está fechado, e o gerente, que apurava a féria, interrompe o trabalho para intervir na disputa dos garotos:

— Quem ganhou a nota de cinco mil cruzeiros foi esse tampinha aí, não foi? Então a nota é dele só. Que história é essa de vocês quererem dividir com ele? Dividir uma pitanga. Meu filho, dobra essa nota bem dobrada, bota no bolso e vai já entregar à sua mãe. Vocês aí, sumam todos, que é hora de menino dormir para acordar cedo e ir pra escola, seus...!

A turma já estava longe. O velho empregado do aeroporto, que ouvira tudo, sorriu:

— Eles saem daqui e vão de táxi pra casa.

— De carona, é claro – comentou o gerente.

— Que carona nem meia carona. Pagando. Cada um faz de dez a quinze mil cruzeiros por dia.

— Essa não. Deixa de dizer besteira, sô.

— Tem mais. Não andam em calhambeque, escolhem o carro mais bacana.

O gerente estava desolado:

— Até perdi a vontade de fazer a caixa! Amanhã vou falar com o administrador para proibir a entrada desses diabos no aeroporto.

— E isso adianta? – sorriu mais uma vez o velho empregado.

Podem não acreditar, mas o avião acabou chegando de Brasília.

MONODIÁLOGO

— Outubro, e daí? Já não lhe disseram que o tempo passa?

A mim, quantas e quantas vezes. Também já ouvi dizer que um dia é da caça, e outro é do caçador. Por isso é que o caçador e a caça raramente se encontram: os dois marcam dia, hora e local, e um deles não comparece. Claro que a vida não é só festival. Mas quem disse que a vida é também festival? Foi na Zona Sul que correu esse boato? E se Paris é uma festa, por que Barra do Piraí não o seria? Só o Rio Sena merece promoção, o Piraí deve resignar-se a ser subdesinfluído?

Ora, ora, não vá jurar que nunca pensou em assaltar um banco. E aquele guarda-chuva esquecido na sala de espera do dentista (ou do psicanalista, não estou bem certo), que o senhor viu e foi carregando: não é a mesma coisa, em termos simbólicos? Pois então, vamos dialogar. Eu pergunto e eu respondo pelo senhor, não precisa tomar trabalho. Desta maneira, o monólogo não será nunca uma espécie de mononucleose. O mal de dois falarem um com o outro é que os dois acabam não se escutando a si mesmos, e corre-se o risco de aderir ao que o outro vai blablablando.

Não, não objete. A questão é saber se quando os bancários entram em greve é mais fácil ou mais difícil assaltar os bancos. A hora e vez de fechar os inferninhos já constitui problema distinto. No Beco da Fome (ah, a Fome merecia uma avenida, que digo? um continente) deve reinar silêncio depois de uma da madrugada. Até essa hora, reine o alarido. E se fosse o contrário, não daria mais certo? Todos na vizinhança jantariam cedo, apagariam a luz às 19h30, seriam berçados pelo inefável silêncio geral, cantado por Homero: "e o silêncio com dedos de pelúcia baixou as pálpebras de homens e mulheres de Copacabana". À uma da matina, chamado geral, toca a fazer barulho e viver a noite. É uma ideia, para variar. Nem sempre as ideias são aproveitadas. Onde se jogam fora, se não há um depósito ou um forno de incineração para as boas ideias que não se aproveitam?

E saiba que o juiz de paz, renunciando o cargo porque o prefeito deixa o burro da carroça da municipalidade morrer de fome, é o último juiz de paz e de amor sobre a terra. O burro morrerá, mas alimentado com esse capim verde da piedade. Haverá mais linda canção de protesto do que essa do juiz pedindo demissão? Pena é que ele deixe vaga para outro juiz apoiar o prefeito. E o prefeito será eleito deputado, quando houver eleição? Hoje é o sonho de todos os prefeitos, dizem. Estadual ou federal? Por voto secreto ou comissão julgadora? Talvez por aclamação no estádio?

Dirá o senhor que pergunto demais. E ainda não perguntei tudo. Para onde vai Portugal? E nós? E todos os embarcados na grã-canoa do mundo? Os transplantes já deixaram de ser notícia para ser garantia de vida? O senhor não acha que a cremação está custando um pouco a ser permitida, e quando vier já não encontra mais nenhum partidário dela? Que as cinzas de um Stanislaw Ponte Preta, espalhadas sobre a cidade cheia de aflições, derramariam riso saudável para os mais malincônicos e esquecidos da alegria? Pois o que é de ajudar a viver não deve permanecer como sinal de vida?

E agora é o senhor que pergunta porque lhe (me) digo coisas sem nexo e sem sexo, quando este floresce e aquele falta na máquina do mundo. Por favor, não insista. Não estou aqui para responder a nenhum IPM, apenas ensaio um monodiálogo livre de injunções e pressupostos lógicos. Sabiá-laranjeira gosta de lidar com gente da cidade, sabiá-coleira é de mato-dentro; case os dois e deixe voar um sabiaúna, que é preto por fora e todas-as-cores no canto. Não pergunte nada a ele, deixe-o cantar. Quanto a mim, até logo, e me desculpe, que não sei mesmo cantar sequer o número da loteria, quanto mais as armas e os barões assinalados...

VERÃO: AQUI E AGORA

Peço aos colegas de crônica o favor de deixar um pouco de verão para mim. Também quero comentá-lo. A partir da Revolução de 30, que inovou muitas coisas, o verão é um fenômeno cíclico, verificado entre a praia do Leme e a Avenida Niemeyer. No resto da cidade, havia apenas calor. Verão, só na Zona Sul, com suas implicações gozosas: praia desde o amanhecer e durante o dia inteiro ou emendando com o dia seguinte, jogos e namoro na areia, jacaré, *surf*, lancha, bar, etc. A localização do fenômeno não dava margem a problemas de fronteira: respeitava-se a faixa. Do estado do Rio, São Paulo e Minas, como dos demais bairros cariocas, acudiam pessoas desejosas de passar o verão no Rio, isto é, naquele setor privilegiado de areia e água.

Ultimamente, as coisas entraram a mudar. Apareceu o verão, tímido e intermitente, em Botafogo. Fez uma aparição maior no Flamengo. Irrompeu na Barra da Tijuca. Nos dois primeiros lugares, circulava entre moradores mais idosos a lenda de que, em tempos esfumados, tinham acontecido excelentes verões na região, mas isso deve ser levado à conta de caduquice, hoje esclerose: Finalmente, o verão da Zona Sul, exclusivo e explosivo, foi exportado para o estado do Rio, onde agora se passam verões considerados da pesada, em Araruama, São Pedro da Aldeia, Cabo Frio, Búzios, Barra de São João, Angra... Chegou ao Espírito Santo, e não duvido nada que este ano dê ótimo verão de praia em Minas, caça submarina inclusive. O que, convenhamos, não deixa de ser um exagero perigoso, pois se o verão se alastra por todo o Brasil, acabará perdendo sua graça e veneno cariocas, deixando de ser aquele verão.

Quanto a mim, não faço concessões. Continuo fiel ao verão clássico, do Leme ao Leblon, único patenteado. Os outros são extensões, toleráveis até certo ponto, mas de modo algum capacitados a substituir o nosso, que se fez sem estímulos turísticos e badalações de qualquer espécie, pela combinação tácita entre a natureza, a mulher e o homem, com espaço para crianças, vendedores de refrigerantes, pipas e alegre descontração.

Neste janeiro, temos nada menos de três dragas para tumultuar nosso prezado verão, mas ele continua invencível. É, por assim dizer, um verão impoluto, pois não há poluição que acabe com ele. Espalhou-se a notícia de hepatite, para ver se mudava de cor. Que nada. É vermelho, é rosado, é folha verde-viço, é bronze, é trinta-cores de saúde/força/alegria navegando descuidosamente entre as porcarias de terra, mar e ar, aliadas na intenção de conspurcá-lo. Com esse ninguém pode.

Procedi a uma inspeção sumária no território oficial de nosso verão, e verifiquei que tudo vai bem. Cada mulher na praia ou na linha de arrebentação é diferente de todas as outras. Não há dois biquínis iguais. Um assessor míope garantiu-me que nem havia biquínis; os corpos é que eram diferentes. Repreendi-o com severidade, por estar vendo demais, ou por outra, de menos; sejamos objetivos e exatos, como convém à observação científica. Ele acabou reconhecendo os infinitos tons e modelos do delicado vestuário feminil, a que, para não ficar por fora, os homens correspondem ostentando extraordinários calções de variegados matizes. E todo ano a praia se renova, com uma geração nascida do sorriso de Deus.

Outra observação que me ocorreu, e não é nova, mas a cada ano ganha sabor de novidade; na linha d'água, cada pessoa é diferente de si mesma, isto é, do ser ou personalidade corrente, que nos habituamos a conhecer no jogo social. Cada pessoa, de fato, fica sendo ela mesma.

Com o paletó, a calça, o vestido, despem-se as roupas mentais, que velavam o ser autêntico. O indivíduo fica natural, descompromissado, simples, instintivo, bom. Perde a mania de importância, adquire (ou readquire) a inocência que só o ar e a água, combinados na praia, lhe oferecem como vitaminas mágicas.

Pena que as pessoas não vivam eternamente na praia, e que não seja eternamente verão na Zona Sul.

CARIOCAS

Como vai ser este verão, querida,
com a praia aumentada/diminuída?
A draga, esse dragão, estranho creme
de areia e lama oferta ao velho Leme.
Fogem banhistas para o Posto Seis,
o Posto Vinte... Invade-se Ipanema
hippie e festiva, chega-se ao Leblon
e já nem rimo, pois nessa sinuca
superlota-se a Barra da Tijuca
    (até que alguém se lembre
de duplicar a Barra, pesadíssima).
Ah, o tamanho natural das coisas
estava errado! O mar era excessivo,
a terra pouca. Pobre do ser vivo,
que aumenta o chão pisável, sem que aumente
a própria dimensão interior.
Somos hoje mais vastos? mais humanos?
Que draga nos vai dar a areia pura,
fundamento de nova criatura?
Carlos, deixa de vãs filosofias,
olha aí, olha o broto, olha as esguias
pernas, o busto altivo, olha a serena
arquitetura feminina em cena
pelas ruas do Rio de Janeiro
que não é rio, é um oceano inteiro
    de (a)mo(r)cidade.
Repara como tudo está pra frente,

a começar na blusa transparente
e a terminar... a frente é interminável.
A transparência vai além: os ossos,
as vísceras também ficam à mostra?
Meu amor, que gracinha de esqueleto
revelas sob teu vestido preto!
Os costureiros são radiologistas?
Sou eu que dou uma de futurólogo?
Translúcidas pedidas advogo:
tudo nu na consciência, tudo claro,
sem paredes as casas e os governos...
Ai, Carlos, tu deliras? Até logo.
Regressa ao cotidiano: um professor
reclama para os sapos mais amor.
Caçá-los e exportá-los prejudica
os nossos canaviais; ele, gentil,
engole ruins aranhas do Brasil,
   medonhos escorpiões:
   o sapo papa paca,
no mais, tem a doçura de uma vaca
embutida no verde da paisagem.
(Conservo no remorso um sapo antigo
assassinado a pedra, e me castigo
a remoer sua emplastada imagem.)
Depressa, a Roselândia, onde floriram
a Rosa Azul e a Rosa Samba. Viram
que novidade? Rosas de verdade,
com cheiro e tudo quanto se resume
no festival enlevo do perfume?
Busco em vão neste Rio um roseiral,
   indago, pulo muros: qual!
A flor é de papel, ou cheira mal
o terreno baldio, a rua, o Rio?

A Roselândia vamos e aspiremos
o fino olor da flor em cor e albor.
Uma rosa te dou, em vez de um verso,
uma rosa é um rosal; e me disperso
em quadrada emoção diante da rosa,
pois inda existe flor, e flor que zomba
        desse fero contexto
de metralhadora, de sequestro e bomba?

UM CARPINTEIRO, ONDE?

Outubro é um mês cheio de Dias. Dia 5 é da Ave, 7 do Compositor, 12 da Criança, e do Engenheiro-Agrônomo, 15 do Mestre, 19 do Pintor, 22 do Radioamador, 23 do Aviador, 24 das Nações Unidas, 29 do Livro. Todos muito justos, mas o que me parece mais oportuno, nesta hora e vez do mundo (e do Rio, São Paulo e Brasília, em particular), é o do Anestesista, dia 17. Pois sem anestesia geral, como é que a gente vai aguentar tudo isso por aí, em ondas de violência e intolerância generalizadas? Louvado seja o Anestesista, e aqui lhe deixo saudações raquidianas.

Se sobrar um dia vago neste mês, empenharei o melhor de minha pena por que ele se consagre ao Carpinteiro. Mas precisamente, ao Carpinteiro Especializado em Pequenos Serviços. Tenho em casa um problema de caixilhos de vidraça e outro de porta estragada, e preciso com urgência de resolvê-los. Para isso, ando há três meses à procura (por que não dizer? à caça) de um desses oficiais. Constou-me que certas categorias de trabalhadores *freelancers* fazem ponto na calçada do Bar Fecho de Prata, no Posto 5. Dois ou três que lá encontrei conferindo o bicho não eram carpinteiros; eram consertadores de persianas e técnicos de televisão ao mesmo tempo. Da nobre arte de São José confessaram não entender. Quem mora nisso é o Fafinho – esclareceram. E onde mora o Fafinho? O Fafinho não mora; faz ponto na Galeria Alasca, das 10 às 11h30. Mas esse é precisamente o horário em que o Fafinho jamais aparece na Galeria Alasca. E fora desse horário, acho que nem mesmo ele sabe onde está. Acabei concluindo que o Fafinho não existe.

Não importa. Outros existirão com a especialidade dele, pois não? Bati do Posto 6 ao Posto 1, à procura de um Fafinho mais concreto, e ninguém me soube dar notícia de carpinteiro, salvo os empregados em construção civil, com serviço para seis meses, no mínimo.

Fui aos canteiros de obras, com o ar vagamente suspeito de quem alicia trabalhadores para passeata de protesto ou greve de solidariedade aos metalúrgicos. (Em verdade, meu ar era antes tímido e suplicante, mas o olhar com que me distinguia o encarregado da obra me fazia supor que eu praticava um ato criminal.) Todos os senhores carpinteiros escusaram-se de atender à minha aspiração. Voltei para casa e contemplei com melancolia a porta e os caixilhos. A ruína ronda a residência, e tenho de esperar que ela se consume, para contratar com a Engefusa a reconstrução total do edifício por 120 milhões de cruzeiros novos, ou mais, que não para menos.

Ah, sim, apareceu-me um carpinteiro, caído do Céu Cristalino de Dante, e disse-me que era o último de uma linhagem de carpinteiros, vinda de Portugal com o Príncipe D. João, e sentia-se orgulhoso de representar a antiga corporação dos que lidam com a madeira e a afeiçoam às necessidades do homem. Olhou, mirou, sacudiu a cabeça: em caixilhos não trabalha, em portas também não. Era um carpinteiro-taquista, e se eu precisasse de tacos punha-se à minha disposição.

Um amigo aconselhou-me a chamar um bombeiro-eletricista; às vezes bombeiro resolve. São curiosos, entendem um pouco de tudo, inclusive do ofício deles. Os que me atenderam entendiam, porém, da arte de pedreiro. E o gasista? Este, muito habilidoso, fazia ponto na Lanchonete Brotinho, mas transferiu-se para um café não se sabe onde, e nem é gasista, "é versado", explicou-me o engraxate da esquina.

Pelo que, disponho-me a promover vasta campanha em favor do Dia do Carpinteiro Especializado em Pequenos Serviços, na esperança de que a homenagem comova um da classe (existe?) e o faça bater à minha porta quebrada ou à minha janela sem caixilhos, com um sorriso e esta declaração: "Eu conserto para o meu chapa."

DEUSA EM NOVEMBRO

Acontece que Cecília apareceu em novembro e desapareceu em novembro. É hora de lembrar Cecília, a deusa. A qualificação parece exagerada? Foi a melhor que encontrei, depois de muito meditar sobre Cecília. As outras não servem para caracterizá-la bem. Mulher bela? Sim, foi mulher bela. Grande poeta? Claro, foi grande poeta. Mas foi principalmente... deusa.

Pousou entre nós por uma condescendência especial, guardando distância, serena, às vezes sorridente (ah, o sorriso olímpico de seus olhos verdes), mas quem disse que o sorrir dos deuses é promessa de comunhão com os homens? Decerto Cecília viveu a nossa vida, provou dos nossos pratos, deu aula a crianças, conheceu ministros em recepções, considerou o horário dos trens, assinou papéis. Fez tudo que era necessário fazer para assumir aparentemente condição humana, com direito a carteira de identidade. Mas, se observássemos melhor, sentiríamos que tudo isso eram recursos periféricos, menos para dissimular sua exata natureza do que para compatibilizar com ela o nosso cotidiano pedestre. Não obstante, confessava-se por enigmas: "Sou a passagem da seta/ e a seta em cada momento." Declarou-se "pastora de nuvens, com a face deserta". Muitos não atinaram com o sentido de suas palavras. A maioria, fascinada pelos luxuosos jogos musicais do que ela dizendo, dizendo e fugindo, fugindo e parecendo estar perto, não percebeu que Cecília não era Cecília, era a imagem que ela se dignava usar, como um dos duzentos vestidos de todas as fases de sua passagem entre nós, que conservava sacralmente em seus armários do Cosme Velho.

Eu por mim nunca me enganei. Foi ler seu primeiro poema, ver seu retrato natural jovem, e iluminar-me com a verificação. E há muito, muito tempo, conheci um rapaz que vivia de amá-la em cartas. Era funcionário da E. F. Oeste de Minas e já morreu. Não há indiscrição na notícia: a maior glória do rapaz ficou sendo a de se ter apaixonado por uma deusa que jamais participaria de sua existência. Não precisaria fazer mais nada para que eu o admirasse por toda a vida. Ao revê-lo, idoso e prostrado, respeitava nele o mortal que por instantes se abrira as portas da percepção.

Os problemas criados pelo comércio com os homens não são fáceis de resolver. Os deuses submetem-se a nós, ao elegerem domicílio na Terra. Abrindo mão de seus poderes, sofrem os dramas da competição, da incompreensão, da injustiça e da ignorância. Vi esta deusa preocupada com o rumo de negócios mesquinhos, que envolviam malícia e grosseria, e perturbavam sua maneira de estar no mundo: um estar não estando, presença desligada, extremamente curiosa de coisas, seres, caminhos, costumes (de que sabia extrair a sutil notação poética, em referências de turista celeste), mas guardando-se de intervir como pastora de gentes. Julgava sem azedume e sem ilusão. Diante de um coro de jovens insofridos, que se autoantologiavam com suficiência e método publicitário, falou-me, certa vez:

— Cuidam da sobrevivência, antes de terem vivido.

Seu problema não seria o de sobreviver nem o de viver. Mas o de assegurar o equilíbrio entre o inalienável ofício de deusa e o de habitante eventual da Terra. Toda a sua poesia visou a essa composição. Uma partícula mais de inefável, e seria o encantamento puro, melodia inacessível ao ouvido contingente, memória de estados psíquicos e de acuidades sensoriais que o vulgo não saberia captar. No justo limite entre a linguagem e o sonho, porém, ela infundiu às palavras o sopro mais significante.

Era uma deusa, disto estou convencido, e só não lhe confidenciei minha certeza porque certos mistérios não se revelam. Uma bela mulher é mais do que mulher. Um admirável poeta é mais do que poeta. Cecília Meireles foi as duas entidades e uma terceira, de explicação impossível. E em novembro veio, em novembro se foi. Deusa em novembro.

OLHOS DE PREÁ

Nem tudo no ano escolar foi pichação de parede, pedra jogada na testa da polícia. Quem era de estudar estudou, fez pesquisa, juntou coisas para provar. Aí, organiza-se uma exposição, mas que seja bem bacana. Sem ar de museu antigo, objetos falando, contando o esforço de aprender e transmitir, a alegre descoberta da natureza pela moçada.

A turma do científico quer lá saber de apresentar só desenhos e fotos. Durante o ano, andou por Manguinhos e Butantã, trabalhou em laboratórios, adquiriu saber de experiências feito. Então, vai mostrar os soros, as vacinas, os pequenos animais empalhados que documentam a *praxis*, como gosta de dizer um líder da turma.

— É pouco. A gente tem de trazer animais vivos, para demonstração na hora. Do contrário, vão pensar que não foi a gente que fez essa coisada toda aí.

— Claro. O negócio é partir para a vivissecção diante do pessoal da velha guarda.

Toca a procurar cobaia, mas parece que as cobaias, não participando do interesse pelas ciências experimentais, entraram em recesso neste verão. Cobaia adora ser tratada de porquinho-da-índia e viver em paz no jardim à beira d'água; mas se a chamam de cobaia, vê nesse nome conotações ingratas, e dá no pezinho. Os rapazes procuraram em vão. Até que um se lembrou:

— Preá é a mesma coisa.

— Quem não tem cobaia caça com preá – concordaram, abusando da preposição.

E preá, por sorte, não foi difícil arranjar. Um aluno que mora em Jacarepaguá comprou um, de um vendedor de bichos caçados, Deus sabe onde. Levou-o para casa, telefonou para a turma, decidiu-se que o preá seria a grande vedeta, por ocasião da visita do Governador.

— O ou a? No livro de Dona Flávia sobre mamíferos, preá é feminina, como a sabiá do Chico.

— O gênero do substantivo não importa, importa é o sexo. É preá macho ou fêmea?

Era fêmea. E uma doçura de fêmea, no pelo, nos olhos, sobretudo nos olhos. A preá olhava para os rapazinhos, para a casa, para o mundo, com ar de quem acha tudo inofensivo e bom de existir. Era uma preá desejosa de acabar com o muro erguido entre os seres chamados racionais e os seres chamados irracionais, como se todos, preás e não preás, fossem da mesma e única família possível no mundo, uma infinita, solidária família.

— Afasta o diabo dessa diabinha pra lá – pediu um colega. — Assim, como é que a ciência pode avançar?

— Eu não me deixo levar por olhinhos de preá – repeliu o futuro grande cirurgião de transplantes. — Comigo é no interesse da humanidade. A preá está ótima, novinha, músculos tenros, a demonstração vai ser uma beleza.

— Diz-que a carne dela, nessa idade, é uma coisa.

— E você tem coragem de cozinhar e comer uma preá destinada ao serviço da ciência, bandido?

Se as opiniões se dividiam, a graça era uma só, e tão evidente que até o Zerbini em potencial acabou reconhecendo que cortar um bichinho assim talvez não fosse o melhor número da exposição. Aqueles olhos...

— Rosados, você já viu uma tonalidade dessas?

— Rosados e luminosos.

— Luminosos e confiantes – descobriu a moça.

— Isso! Eles confiam na gente. Pessoal, não pode ser! – bradou o comprador da preá. E peremptório:

— Essa não passa pelo facão de jeito nenhum, e vai se chamar Andreia, como a nossa coleguinha, que descobriu o segredo dos olhos dela.

Eis aí por que, ao visitar a exposição dos alunos do Colégio de Aplicação da Universidade da Guanabara, o Governador Negrão de Lima não poderá apreciar a técnica dos jovens vivisseccionistas. Os olhos da preá venceram a parada contra a ciência.

SEM MEMÓRIA

Tinha prenome e sobrenome, como toda gente, mas hoje chama-se Quatorze. E por que se chama assim? Não sabe. Não sabe se é o décimo quarto de uma série nordestina de irmãos. Nem sabe se tem irmãos. Nós é que podemos imaginá-lo irmanado a outros rapazes que igualmente não sabem nada a respeito de si próprios, e andam por aí, errantes, não identificados, quase inexistentes.

Quatorze anda por um estado do leste-meridional; poderia andar por outro do meio-norte, onde foi localizado outro jovem nas mesmas condições. Ou por outro ponto qualquer do País, desenvolvido ou sub. São vários, talvez muitos, os rapazes que estranhamente deixaram de "ser", desligando-se de um contexto social, de um local de trabalho, de uma namorada, e vivem agora as circunstâncias de uma nova vida, ou antes, de meia-vida. Porque, quando muito, vivem pela metade, sem autocomando, sem marca pessoal, a não ser a taciturna docilidade.

Entre eles, um é procurado como sobrevivente do desastre de um ônibus que se precipitou no rio, numa noite tempestuosa. Como seu corpo não aparecesse entre os das vítimas, supõe-se que escapou à morte e, em consequência do choque emocional, perdeu a memória, caminhando agora pelas estradas, sem rumo.

Há notícia de um desmemoriado, em qualquer parte? Logo é revistado, inquirido, fotografado, e as informações são comunicadas à família do desaparecido: não confere. Assim se prolonga uma busca, e são passados em revista os desmemoriados, que nem todos têm a procurá-los a ansiedade de alguém. Esses últimos não só perderam a memória como perderam também as pessoas que deles tinham memória. Esqueceram-se; foram esquecidos.

De Quatorze, sabemos apenas o que ele mesmo sabe: que tem, ou é, um número. A decifrar. E tudo quanto lhe restou da infinidade de signos, indicações, referências, que se acumulam na vida de qualquer um de nós, e que certificam nossa existência particular. A outros, nem isso. Desembaraçados da carga de apontamentos arquivados na consciência, são talvez outros homens e mulheres, sem compromissos com a nossa realidade formal. Mais livres, portanto?... Quem sabe?

A literatura registra muitas histórias de desmemoriados que voltam à realidade, e então nos surpreendem ainda mais do que quando se evadiram dela. O *Siegfried*, de Giraudoux, era escritor francês; acometido de amnésia na guerra de 1914, e reeducado na Alemanha, converte-se em líder do povo alemão; Giraudoux nunca soube muito bem o destino que lhe daria, e ora o leva de regresso à França, ora o faz morrer em cena. O *Voyageur sans Bagage,* de Anouilh, após dezoito anos de amnésia, é um jardineiro manso de coração e feliz; pessoas excessivamente bondosas descobrem sua identidade, e ele vê, com desgosto, que fora um tipo da pior qualidade, pertencente a família rica; prefere renunciar a essa miséria e buscar outro caminho.

Esta, a grave questão dos desmemoriados: nem sempre é misericordioso restituir-lhes a memória. E haverá quem goste de perdê-la, para inaugurar um homem novo, liberto do fardo sufocante. Em um mundo de gente que escreve ou fala memórias, valendo-se com frequência da fantasia, os desmemoriados conservam uma sutil dignidade, que leva a discrição ao extremo da anulação. E projetam-se no futuro, pela inexistência prévia. Assim é Quatorze, reduzido a algarismo.

TAGO-SAKO-KOSAKA

Tago-Sako-Kosaka
vem da noite de Tóquio
atucanar-me a cuca.
Mas que cometa é este
que, flagrado na exata,
sua órbita me tapa
e não se vê de fato
nem tico de cometa
no azul-noturno mato?

Tago-Sako-Kosaka,
estrela de Belém
(dizem uns), e eu ataco:
por favor, a que vem
essa estrela tão tarda,
anunciar o quê?
por quê? de graça? a quem?
É anúncio, batata,
Tago-Sako-Kosaka?

Vem um outro Messias
no rumo de outra cruz
e é nela pregado,
ou de um poste, aqui mesmo,
Nova Iguaçu talvez?
Como apurar se o morto
era apenas um louco,

e louco é ver na estrela
um bilhete divino?

Tago-Sako-Kosaka
vende um novo automóvel
veloxsiderobárbaro?
uma nova mulher
sem falhas de motor,
ortografia e sexo?
vende novas crianças
de urânioplac, imunes
ao palavrão e ao tóxico?

Vem ao mundo contar
que surge a nova era
para os homens, enfim,
e tudo que era injusto
e tudo que era infame
a um sopro se espedaça
que nem folha de inhame,
e a nova realidade
é beleza e verdade?

Ou vem, quem sabe, estrela
de pavoroso augúrio,
comunicar o termo
da experiência terrestre:
tudo falhou, e resta
ao falido cientista
(oculto) arrebentar
de uma só martelada
a retorta e a cobaia?

Tago (três sábios), Sako
e Kosaka percebem
o susto que nos pregam
descobrindo esse astro?
E tão maroto é ele,
cometa ou o quer que seja
no espaço que negreja,
que nem se mostra à vista
nem dá pelota ou pista?

Sobre nós, sobre nosso
destino obscuro passa
o cometa nipônico,
todo mistério, e lança
a turbação e o pânico:
é signo de esperança?
correio de desgraça?
Ou mera promoção
de rádios do Japão?

E fico, a noite inteira,
interrogando a treva,
o guarda, a vizinhança:
Onde o cometa? sua
cabeleira não vejo.
Há de ser um cometa
da polícia secreta,
e nessas profundezas
é bom que eu não me meta.

LEMBRANÇA DE FEVEREIRO

Foi há 25 anos, numa segunda-feira, às 7 e 15 da manhã. Pelo telefone, o bom Rodrigo me informa que Mário de Andrade morrera em São Paulo, na noite da véspera. Choque da notícia inesperável. Mário emergia de longa moléstia, ou de um rosário de moléstias: o suposto câncer, convertido em úlcera nunca operada, coração, sinusite, amidalite, ferimento infeccionado num pé, sem contar a extração total dos dentes, exigida pelos médicos, que não atinavam com a verdadeira doença, e lhe castigavam o corpo com seus variados tratamentos. Pois Mário vencia a doença e a medicina, e, nos intervalos do Congresso de Escritores, poucos dias antes, era visto em companhia de amigos, principalmente a turminha mineira de Fernando Sabino, bebendo sem restrição no bar. Sua última carta, de 11 de fevereiro, anunciava três projetos de livros, além do projeto global de viver o ano de 1945: *A Dona Ausente, Música de feitiçaria* e O *pico dos Três Irmãos*. Estava compondo "um poema chato, pesado, difícil de ler, longo demais, duro nos ritmos, cadencial, bárdico": "A Meditação sobre o Tietê", concluído no dia 12. E, de repente, o estouro.

O enterro seria às 17 horas. Murilo Miranda telefona dizendo que alguns amigos de Mário – ele, Guilherme Figueiredo, Moacir Werneck de Castro, Bruno Giorgi, Aníbal Machado, desejam ir a São Paulo, a tempo de comparecer ao ato. Há impossibilidade de obter passagens aéreas em cima da hora. Sou encarregado de pedir a Queirós Lima, oficial de gabinete do Presidente Getúlio Vargas e velho amigo dos intelectuais, a cessão de um aparelho oficial para esse fim. No Ministério da Aeronáutica promete-se o avião do Ministro, mas dependendo de autorização deste, o titular está em Petrópolis, o tempo avança, telefonemas e telefonemas em vão.

Vinicius de Moraes conta o sonho que tivera (nítido) na noite anterior: ia viajar para São Paulo, com um grupo de amigos, mas, por uma circunstância qualquer, deixara de seguir com eles. E chega a notícia: o avião caíra, todos mortos. Pela manhã, a mulher acorda-o, contando-lhe a morte de Mário. Indo à casa de Aníbal, é informado do projeto de viagem e quer evitar que ele se realize. Rodrigo comunica-me o sonho e, pelo sim pelo não, acha que convém prevenir os candidatos à viagem. Murilo não se mostra afetado pelo presságio, e insiste em querer voar. Mas só às 16 horas Queirós Lima consegue transmitir-me o sim ministerial. Ninguém saiu do Rio, ninguém morreu. De tudo resultou o poema de Vinicius:

Noite de angústia: que sonho
que debater-me, que treva.
...é um grande avião que leva
amigos meus no seu bojo...

Na sala onde trabalho, desfilam amigos, desolados, num comentar do fato que é ainda incredulidade do fato: como se, falando-se uns aos outros, alguém pudesse convencer a todos que se tratava de notícia falsa. E a notícia é ruim demais para ser tragada individualmente. Repartida entre companheiros, torna-se mais assimilável. De absurda que era, a realidade vai-se acomodando ao real. À imagem de Mário de Andrade vivo sobrepõe-se uma novíssima, desconcertante imagem de Mário de Andrade morto. E é com os traços daquela que esta se configura. Um morto que sorri, junta os dedos em cacho e movimenta-os, exclamando: "A própria dor é uma felicidade!"

Foi há 25 anos, num 26 de fevereiro. Deliberadamente recomponho as minúcias daquele dia, porque até hoje não é fácil aceitar a perda de tudo que em Mário de Andrade foi criação e expansão humana. A investigação e a análise crítica ainda não abarcaram a totalidade de sua obra. A própria obra não está de todo reunida em livro. Volumes e mais volumes terão de ser editados com os seus esparsos e sua correspondência monumental. Faço daqui um apelo à sua família e ao editor José de Barros Martins para que seja coligida e publicada a vasta produção de Mário perdida em jornais, revistas e arquivos particulares. A fim de que o Brasil conheça em profundidade o fenômeno de cultura distributiva e o coração universal que foi Mário de Andrade. Até lá, continuamos em 26 de fevereiro daquele longínquo 1945, diante do morto inexplicado.

ENTREVISTA SOLTA

— Qual a mais bela palavra da língua portuguesa?

— Hoje é glicínia. Apesar de leguminosa.

— E amanhã?

— Cada dia escolho uma, conforme o tempo.

— A mais feia?

— Não digo. Podem escutar.

— Acredita em Deus?

— Ele é que não acredita em mim.

— E em Saldanha?

— O cisne ou o outro?

— O outro.

— Até Deus acredita nele.

— Então papamos a taça?

— Na raça.

— E se não paparmos?

— Eu não sou daqui, sou de Niterói.

— Mas tudo é Brasil.

— Para o Imposto de Renda, sim. Para o Imposto de Serviço, são muitos.

— Já fez a declaração?

— Quem faz por mim é um computador da terceira geração.

— Tão complicada assim?

— Ao contrário: a mais simples.

— Parabéns por ter renda.

— Mas eu não tenho. Imagine se tivesse.

— E a Apolo-9?

— O maravilhoso ficou barato. Quero ver aqueles três é guiando fusca no Rio.

— Vai melhorar. Olhe os viadutos.

— Estou olhando. Não vejo é pedestre. Já será efeito da pílula?

— O Papa é contra.

— O Papa nem sempre é Papa.

— Acha que China e U.R.S.S. irão à guerra?

— Não. A guerra é sempre feita entre um que quer e outro que não quer brigar. Quando os dois querem, verificam que estão de acordo, e detestam-se em paz.

— E a crise do teatro?

— Cada um leia a peça em casa.

— Os atores ficarão sem trabalho?

— Escreverão peças para leitura em casa.

— Os teatros estão fechando.

— Mas as cervejarias estão abrindo.

— E o Festival do Filme?

— Genial. Vai mostrar aquilo que não se vê mais nos cinemas: filmes.

— Esquadrão da Morte?

— Calma. Se é para liquidar com os bandidos, acabará fuzilando a si mesmo.

— É pela eleição por distrito?

— Sou radical. Por bairro.

— Seu prato predileto?

— Vontade de comer.

— Cor?

— A do vinho no copo; da luz no mar; dos olhos inteligentes.

— Sua divisa?

— A do meu apartamento. Em condomínio.

— Pretende reservar passagem para a Lua?
— Não aprecio lugares muito frequentados.
— Que acha do gênero humano?
— Podia ser pior.
— E dos animais?
— Em geral têm muita paciência conosco.
— Que mensagem envia aos telespectadores?
— Que mantenham desligados seus receptores.
— Qual, o senhor é impossível!
— Também acho.

BÁRBARA ESCREVE

Não posso explicar como chegou esta carta, que não me foi entregue pelo amigo carteiro nem por qualquer portador. Até o papel é estranho; nunca vi outro igual. Passo à transcrição:

"Meu bom cronista e vizinho — Tantas vezes você apelou para mim e foi atendido, que agora não me acanho de apelar para você. A situação inverteu-se. Até ontem, eram os da Terra que apelavam para os do Céu. Daqui por diante, os do Céu terão de valer-se da benevolência dos que estão aí embaixo.

Ou você já se esqueceu de minha assistência em momentos graves de sua vida? Espero que não. Nas horas de pavor, com o raio cortando o espaço e siderando gente, animais e árvores, era a mim que sua boca chamava, era para mim que suas mãos se juntavam. E nem sempre gesto e voz conseguiam traduzir pienamente sua necessidade de socorro, tamanha era a aflição. Mas eu adivinhava, compreendia, dava provimento ao rogo desvairado... Fui sempre sua camarada, Carlos. Agora é a sua vez de ajudar-me.

Minha situação é extremamente vexatória. Fui despejada, pior, fui cassada. Não tenho para onde ir. Lugar existe, e vários, senão muitos, mas já se expediram ordens para que não me deem abrigo nas casas que possuo na Terra: belas casas, umas, outras mais modestas, mas todas minhas de muito direito e antiguidade.

Tudo isso não é nada. Sem casa, vive-se. Sem título, vive-se. Mas sem existência admitida, como pode alguém estar ou ter estado vivo? Este ponto é o mais grave, meu caro: minha existência foi posta em dúvida, e finalmente negada por ato oficial, emanado daquele poder soberano que era garantia não só de minha vida, como de meus sofrimentos e minhas glórias. Deixei legalmente de existir, está compreendendo? Isso depois de mais de 700 anos de situação regular, consagrada universalmente, quer pelos indivíduos quer pelas corporações, que vinham trazer-me cânticos e flores, já não falando na exclamação de que eu era objeto diário, convertida em provérbio e talismã.

Esta, sim, me doeu. Que é existir, ó meu cronista, senão ter existência na mente dos demais? Se o mundo pensa em mim, eu existo; se me esquece, deixo de existir. Não importa estar vivo no sentido de andar pelas ruas, tomar café, ganhar muito dinheiro, obedecer ao governo, etc. Estas materialidades são névoas sobre o real, que é a aceitação de uma verdade profunda; verdade que não está nos cartórios. E como agora só se tem por válido o que consta dos cartórios (onde constam inúmeros erros e mentiras cabeludas), eu, que você conhece desde a sua remota infância, quando tinha o meu registro pendurado na parede do seu quarto, eu não sou mais eu, não existo!

Mas, que lhe peço? Imagina, talvez, que eu pretenda gestões terrenas, campanha jornalística em meu favor, pressão sobre a autoridade que me cassou e negou? Negativo. Nem o meu caso é isolado. Comigo, mais de trinta ótimos companheiros estão padecendo este segundo martírio, bem mais atroz que o primeiro, porque não é no corpo, é na essência. Qualquer pedido individual seria egoístico, e em conjunto pareceria subversivo. E daí, não creio na eficácia do remédio. O que ouço falar é que outras cassações virão, criando vasto deserto espiritual a ser repovoado. Fala-se em novo calendário, todo ele "pra frente", expressão de que não alcanço o sentido místico. Que adiantaria pedir, se a reforma é total?

O que lhe peço, vizinho e fiel (sim, somos vizinhos, pois você nasceu em lugar que confina com uma de minhas cidades, aquela em Minas que foi berço de seu dileto mestre Afonso Pena Júnior), o que lhe peço, caríssimo, é muito menos e muito mais: que me guarde no coração. É só. A paz esteja com você, (a) Bárbara, ex-Santa."

POETA EMÍLIO

Entre o Brejo e a Serra,
entre o Córrego d'Antas, o Aterrado, o Quartel Geral e Santa Rosa,
entre o Campo Alegre e a Estrela,
nasce em 1902
o poeta Emílio (Guimarães) Moura,
esguia palmeira
Pindarea concinna: o ser
ajustado à poesia
como a palmeira se ajusta ao Oeste de Minas.

E cresce. Viaja.
Vejo
sob a lua perfumada a cravos de Barbacena,
alojado na Pensão Mondego,
o rapazinho fazer distraídos preparatórios
(para ser como toda gente bacharel formado)
e preliminares poemas
em busca da clave própria.

Advogado não seria,
posto que doutor de beca para foto de colação
– quem o veria requerer despejo?
– alegar falsidade de testamento?
– promover desquite litigioso?

Torcedor do Atlético, fumante de cigarro de palha marca Pachola,
quando não os prefere fazer ele mesmo
com ponderada, mineira, emiliana perícia,

eis Moura – de tantas noites andarilhas nas jasmineiras
ruas peremptas de Belo Horizonte.

O *Diário de Minas*, lembras-te, poeta?
Duas páginas de Brilhantina Meu Coração e Elixir de Nogueira,
uma página de: Viva o governo,
outra – doidinha – de modernismo,
tua cegonha figura escrevendo o cabeço das "Sociais",
nós todos na esperança de um vale do Bola – o Eduardinho gerente...

Com serenidade de irmão que vai ficando tio
e avô, e tem paciência carinhosa com os netos,
assistes ao passar de gerações:
A Revista, Surto, Edifício, Vocação, Tendência, Complemento, Ptyx,
ao morrer (Alberto puxa a fieira) e ao dispersar de amigos,
rocha sensível em meio à evanescência das coisas
de que guardas exata memória no coração de palmeira
solitária comunicante solidária.

Toda palmeira na essência é estranha
em sua exemplaridade:
palmeira que anda, ave pernalta,
palmeira que ensina, mestra de doutrinas
líricas disfarçadas em econômicas,
e o mais que esta conta em voz baixa, sussurro
de viração nas palmas:
amizade, teu doce apelido é Emílio.

Fiel à casa primeira e reimplantando-a
no lote da palavra,
fraco/forte diante da vida que corta e esfarinha,
sereno/desenganado, agulha terna apontando
para o enigma indecifrável do mundo:
poesia, teu nome particular é Emílio.

ASSALTO

Na feira, a gorda senhora protestou a altos brados contra o preço do chuchu:

— Isto é um assalto!

Houve um rebuliço. Os que estavam perto fugiram. Alguém, correndo, foi chamar o guarda. Um minuto depois, a rua inteira, atravancada, mas provida de admirável serviço de comunicação espontânea, sabia que se estava perpetrando um assalto ao banco. Mas que banco? Havia banco naquela rua? Evidente que sim, pois do contrário como poderia ser assaltado?

— Um assalto! Um assalto! – a senhora continuava a exclamar, e quem não tinha escutado escutou, multiplicando a notícia. Aquela voz subindo do mar de barracas e legumes era como a própria sirena policial, documentando, por seu uivo, a ocorrência grave, que fatalmente se estaria consumando ali, na claridade do dia, sem que ninguém pudesse evitá-la.

Moleques de carrinho corriam em todas as direções, atropelando-se uns aos outros. Queriam salvar as mercadorias que transportavam. Não era o instinto de propriedade que os impelia. Sentiam-se responsáveis pelo transporte. E no atropelo da fuga, pacotes rasgavam-se, melancias rolavam, tomates esborrachavam-se no asfalto. Se a fruta cai no chão, já não é de ninguém; é de qualquer um, inclusive do transportador. Em ocasiões de assalto, quem é que vai reclamar uma penca de bananas meio amassadas?

— Olha o assalto! Tem um assalto ali adiante!

O ônibus na rua transversal parou para assuntar. Passageiros ergueram-se, puseram o nariz para fora. Não se via nada. O motorista desceu, desceu o trocador, um passageiro advertiu:

— No que você vai a fim de ver o assalto, eles assaltam sua caixa.

Ele nem escutou. Então os passageiros também acharam de bom alvitre abandonar o veículo, na ânsia de saber, que vem movendo o homem, desde a idade da pedra até a idade do módulo lunar.

Outros ônibus pararam, a rua entupiu.

— Melhor. Todas as ruas estão bloqueadas. Assim eles não podem dar no pé.

— É uma mulher que chefia o bando!

— Já sei. A tal dondoca loura.

— A loura assalta em São Paulo. Aqui é a morena.

— Uma gorda. Está de metralhadora. Eu vi.

— Minha Nossa Senhora, o mundo está virado!

— Vai ver que está caçando é marido.

— Não brinca numa hora dessas. Olha aí sangue escorrendo!

— Sangue nada, tomate.

Na confusão, circularam notícias diversas. O assalto fora a uma joalheria, as vitrinas tinham sido esmigalhadas a bala. E havia joias pelo chão, braceletes, relógios. O que os bandidos não levaram, na pressa, era agora objeto de saque popular. Morreram no mínimo duas pessoas, e três estavam gravemente feridas.

Barracas derrubadas assinalavam o ímpeto da convulsão coletiva. Era preciso abrir caminho a todo custo. No rumo do assalto, para ver, e no rumo contrário, para escapar. Os grupos divergentes chocavam-se, e às vezes trocavam de direção: quem fugia dava marcha a ré, quem queria espiar era arrastado pela massa oposta. Os edifícios de apartamentos tinham fechado suas portas, logo que o primeiro foi invadido por pessoas que pretendiam, ao mesmo tempo, salvar o pelo e contemplar lá de cima. Janelas e balcões apinhados de moradores, que gritavam:

— Pega! Pega! Correu pra lá!

— Olha ela ali!

— Eles entraram na kombi ali adiante!

— É um mascarado! Não, são dois mascarados!

Ouviu-se nitidamente o pipocar de uma metralhadora, a pequena distância. Foi um deitar-no-chão geral, e como não havia espaço, uns caíam por cima de outros. Cessou o ruído. Voltou. Que assalto era esse, dilatado no tempo, repetido, confuso?

— Olha o diabo daquele escurinho tocando matraca! E a gente com dor de barriga, pensando que era metralhadora!

Caíram em cima do garoto, que soverteu na multidão. A senhora gorda apareceu, muito vermelha, protestando sempre:

— É um assalto! Chuchu por aquele preço é um verdadeiro assalto!

ANTES DA PÁSCOA

Em Portugal era assim, não sei se ainda é: ao passar uma cachopa risonha, vestida de cores alegres, dizia-lhe o paquera: "Estás uma Páscoa" ou "És uma Páscoa". Deu-me vontade de dizer o mesmo, trocando o tu por você, à garota pascalíssima, parada em frente à vitrina. Certamente ela não entenderia, pelo que me remeti ao silêncio. E fiquei olhando a garota que olhava ovos de Páscoa.

À primeira vista, não é fácil entender por que a Páscoa bota ovos de Páscoa. E bota-os cada vez maiores e mais caros. Vi um, no Leblon, do tamanho de uma banheira, e não sou de mentir. Custava... Não falemos de preço. Vamos falar dos pequeninos, aqueles do tamanho de um coração de passarinho, feitos menos para os delicados do que para os indivíduos de poder aquisitivo 0,1. João Brandão, muito mais míope do que Pelé, forçou a vista para enxergá-los. Não houve jeito.

— São secretos? – perguntou-me.

— São a mini-Páscoa, em tempo de inflação.

Outro enigma aparente é ver o coelho, animal tão cauteloso, associado à postura de ovos de chocolate. Sabe-se que ele adora multiplicar-se, mas, até a última edição do compêndio de Zoologia para o curso secundário, ainda estava classificado como mamífero. Mudaria a ciência, ou...? Inútil perguntar ao coelho o que é que há. Antes de ouvir-nos, ele já está longe, lá onde os coelhos se sentem em segurança. Sem cinto. A ideia de instalar cintos de segurança nos ônibus e táxis não lhes despertou interesse: o coelho é o seu próprio carro, sem problemas de choque nem de estacionamento.

Aprofundando o tema, verifica-se que o ovo de Páscoa, por mais industrializado que esteja, presta bom serviço espiritual. Vem antes da Semana Santa, da Paixão e da Ressurreição, como vanguardeiro, a tempo de alertar, de convidar, direi mesmo de provocar. Sem ele, na cidade atual, misto de pressa, de fumaça, de estrondo, de ira e de angústia, é bem possível que não prestássemos atenção ao "drama em três atos", de que nos fala Tristão de Athayde, desenrolado "em torno de uma Mesa, de uma Cruz e de um Jardim". Exposto nas vitrinas, empilhado nas prateleiras, pendente do teto das confeitarias como móbile bojudo, o ovo é um aviso, um sinal. Funciona como o sino, que quase não se ouve mais tocar em parte alguma, salvo no fundo da gente, que veio do interior e tinha as horas de sua vida marcadas por ele. Por que não há mais sineiros tangendo sino nas cidades? Insinuavam um som diferente entre os ruídos urbanos. Mesmo quem não é de frequentar igreja, como o cronista, gostava de ouvi-los. Hoje... a badalação é mil vezes maior, mas o som não vem do bronze autêntico, não é musical, não tem nada de sino: apenas badalo. E em toda parte.

Chocolate conduzindo a um território místico, onde mistérios são revividos, e o divino assume formas terrestres: esta função, o fabricante de ovos de Páscoa está longe de imaginá-la, mas, sem querer, ele a cumpre. Assim o Natal das lojas e mercearias ainda é Natal, de que a caixa registradora não cogita.

Diz o anúncio que a Páscoa é boa ocasião para dar presentes. Na medida em que dar qualquer coisa representa vitória sobre o egoísmo, toda época do ano é ótima para isso, respeitadas as limitações orçamentárias de cada um. Não sei mesmo qual é maior prazer: se ganhar presente ou oferecê-lo? E é sempre um prazer duplo: pela alegria que temos, e pela alegria que proporcionamos ao outro, que recebeu ou que ofereceu. Contudo, o acúmulo de presentes acaba enchendo, e ficamos acidamente desejosos de que não se lembrem mais de nós para ofertar-nos o eterno cinzeiro que pela décima vez nos chegou embrulhado no mesmo papel, com as mesmas palavras.

102

Então, cuidemos de presentes outros, que não os objetos, repetidos ou incômodos. Questão de puxar pela cuca e descobrir o dom sutil, aquele gesto, aquele lembrar de manso, aquele pensamento mais leve que o ar de montanha, carícia inominada, que não é feita no corpo... entendem? Não é preciso entender. Basta imaginar. Na Páscoa. Ou sem Páscoa.

CORDISBURGO, DE PASSAGEM

A agência de turismo oferecia uma opção: o carnaval quente do Rio ou a excursão cultural às cidades históricas de Minas. O casal, que sabe de cor e salteado o que são bailes e escolas de samba, escolheu a volta ao passado, em que sempre se aprende alguma coisa. Além do mais, o anúncio prometia um extra espetacular: a gruta de Maquiné, essa maravilha da natureza que nenhum candidato ao concurso do Municipal conseguiu ainda transformar em fantasia premiada.

Tudo correu bem, com o Aleijadinho dando *show* de barroco em Congonhas e Ouro Preto, mais o Ataíde, os Inconfidentes, os altares, as pontes, as montanhas oferecendo aos turistas uma perspectiva do tempo que passou mas não passa nunca: fechado em redoma, vivendo estranha vida de raízes.

Maquiné foi a coroação, uma coisa que não existe, só inventando. E o casal vinha meio sobre o sonho, entre estalactites e estalagmites, tecendo esculturas na lembrança, quando o ônibus alcançou uma pequena cidade bem mineira, bem humilde.

— Que lugar é esse? – perguntou o marido ao vizinho do lado.

— Cordisburgo. Vi na tabuleta da estação.

A mulher deu um grito:

— Cordisburgo? É a terra do Rosa! A terra do Guimarães Rosa!

— É mesmo! – empolgou-se o marido. — A terra do Rosa!

— Pede ao motorista pra dar uma paradinha...

— Claro que ele vai parar.

Mas o motorista nem ligou ao alvoroço. O marido interpelou-o, surpreso:

— Meu amigo, o ônibus não vai parar na cidade de João Guimarães Rosa?

— Não senhor. Parar pra quê?

— O maior escritor brasileiro do século 20 nasceu e passou a infância neste lugar!

— E daí?

— Daí, esta é ou não é uma excursão cultural, como anunciou a Turistex? Se é uma excursão cultural e passa por aqui, tem de mostrar a casa natal de Rosa, o ambiente onde Rosa começou a viver e a observar as coisas, ele que é um patrimônio da nossa cultura, essa é muito boa!

O motorista não se mostrou sensibilizado:

— Quem programou a excursão não fui eu. Tenho de obedecer ao horário, senão pego multa.

Os demais passageiros começaram a preocupar-se, trocando frases de reconhecimento:

— Quem é mesmo esse Rosa? Nunca ouvi falar nele.

— Escreve aos domingos no jornal. Semana passada li um artigo dele.

— Sei não, acho que ele já morreu.

— De Rosa, eu só conheço o Noel, que não é de Minas, é carioca da Vila.

O casal insistia:

— Para, moço! Para só quinze minutos!

— Posso não. Ordem é ordem. E a bronca que eu vou levar?

O casal pensou em apelar para a coletividade, mas teve medo de não encontrar apoio moral. Continuou na ação direta:

— Três minutinhos só... o tempo de tirar uma foto – suplicou a moça, em tom suave.

— Três eu paro. Só três.

Parou. Os dois desceram, emocionados, olhando para um lado e para outro, a investigar traços de Rosa no ar. Onde a casa de Seu Florduardo? A Rua de Cima, o hotel de Nhá Tina? Juca Bananeira? Um velho que tomava sol na janela indicou-lhes, com o queixo, a velha casa de portas de venda, com a placa de bronze na parede, onde João Guimarães Rosa acontecera, fadado a altos destinos, papéis. A foto foi tirada, mãos meio trêmulas, não deve ter saído boa. Também, com o motorista de olho no relógio, o ônibus inteiro esperando sem compreender, e o sentimento de que Rosa estava ali, disperso e sutil, risonho e mistério, fantasma de palavras circulando entre o sertão e a glória, como fotografar direito? Não havia tempo para assuntar, percorrer a cidadezinha, reviver o tempo & terra de Rosa. Horário é para ser respeitado. E o casal retomou lugar no ônibus, pensativo: quando é que as empresas de turismo descobrirão Guimarães Rosa, incluindo Cordisburgo em seus roteiros? No que pensavam, absortos, chegou o ônibus a Belo Horizonte, e findou a "excursão cultural".

EM LOUVOR DA MINIBLUSA

Hoje vai a antiga musa
celebrar a nova blusa
que de Norte a Sul se usa
como graça de verão.
Graça que mostra o que esconde
a blusa comum, mas onde
um velho da era do bonde
encontrará mais mensagem
do que na bossa estival
da rola que ao natural
mostra seu colo fatal,
ou quase, pois tanto faz,
se a anatomia me ensina
a tocar a concertina
em busca ao mapa da mina
que ora muda de lugar?
Já nem sei mais o que digo
ao divisar certo umbigo:
penso em flor, cereja, figo,
penso em deixar de pensar,
e em louvar o costureiro
ou costureira – joalheiro
que expõe a qualquer soleiro
esse profundo diamante
exclusivo antes das praias
(Copas, Leblons, Marambaias
e suas areias gaias).

Salve, moda, salve, sol
de sal, de alegre inventiva,
que traz à matéria viva
a prova figurativa!
Pode a indústria de fiação
carpir-se do pouco pano
que o figurino magano
reduz a zero, cada ano.
Que importa? A melhor fazenda
o mais cetíneo tecido,
que me bota comovido
e bole em cada sentido,
ainda é a doce pele,
de original padronagem,
pois adere a cada imagem
qual sua própria tatuagem
que ninguém copiará.
Miniblusa, miniblusa,
garanto que quem te acusa
a cuca há de ter confusa.
És pano de boca? O palco
tão redondo quão seleto
que abres ao avô e ao neto
(à vista, apenas), objeto
é de puro encantamento.
No cenário em suave curva
nosso olhar jamais se turva,
falte embora rima em urva,
pois é pelúcia-piscina
onde a ilha umbilical
vale a urna de São Gral,
o Tesouro Nacional,
vale tudo... e lembra a drósera,

flor carnívora exigente
que pra devorar a gente
não cochila certamente.
Drósera? Drupa, talvez,
carnoso fruto de vida,
drusa tão bem inserida
na superfície polida
que a blusa desvesteveste.
Ai, blublu de semiblusa,
de Ipanema ou Siracusa,
que me perco na fiúza
de capturar o mistério
— *Quid mulieris...?* – do corpóreo.
Mas chega de latinório,
vaníloquo verbolório
e versiconversa obtusa
de tudo que a musa canta,
pois mais alto se alevanta
o sem-véu da miniblusa.

REAPARECE O VATE NOTURNO

Andava desaparecido o Vate Noturno. Por que mares, labirintos, galáxias? Passam-se anos, ei-lo que surge da escuridão, diz que regressando de longo confinamento (extrapolítico) em Porto Chato.

— Não tem lugar nenhum com esse nome, Vate!

— Nome não tem, mas tem o lugar do nome. Quando eu estava lá, nunca usei outro em minha correspondência.

E dá uma risada que repercute na noite, pois o Vate Noturno é de rir e é de telefonar nas horas do seu qualificativo. Geralmente, da casa de um amigo; mais geralmente, de um bar. Não escolhe hora, desde que seja noturnal.

Seu culto à amizade envolve, ou confunde, amigos vivos e mortos, que para ele continuam vivos, e procura estabelecer (nunca dá certo) inter-relações de amigos seus, de índoles diferentes:

— Olhe, estou aqui no bar com o Palimércio. O Palimércio é uma grande figura. Vou passar o fone ao Palimércio.

— Deixe esse Palimércio em paz, Vate.

Nem escuta a discreta recriminação, pois já é Palimércio quem fala. E como também o Palimércio chegou àquele grau de euforia em que as palavras não significam mais grande coisa, nada se aproveita do que ele diz. Mas o Vate está contente. Aproximou, por um minuto.

Vive em estado de protesto e admiração. A burrice de uns causa-lhe desgosto irritado, mas o sumo talento dos amigos leva-o a explosões telefônicas:

— Sabe de uma coisa, velho? Você é o maior, ouviu? o maior poeta de língua portuguesa!

— Oh, que é isso – exclama o laureado, meio tonto de sono.
— O maior, sim, depois de Fernando Pessoa!

Pois sua admiração procura ser justa e, quanto possível, crítica, à base de sistema métrico.

Protesto e contra-admiração casam-se, às vezes, com admiração. Na livraria, divisando o romancista famoso, que não é do seu altar-mor, definitivamente lotado, põe-se a gritar, celebrando um ausente:

— Romancista é o Caldas! O maior romancista do Brasil é o Caldas!

Decerto arrepende-se depois, mas, sendo o presente tão famoso, e o ausente tão esquecido, como verberar de outro modo a injustiça feita ao Caldas? O famoso é compreensivo, sorri e eis o Vate saindo para outras batalhas.

Que em batalhas vive ele, contra o que não é objeto de seu entusiasmo, contra a fria estabilidade burguesa, contra si mesmo. Se aportou a uma situação bonançosa, o parafuso invisível é destorcido, e desfaz-se a situação. Ama o risco, mas procura, outra vez, abrigar-se na rotina:

— Agora faço traduções de oito línguas. Oito! Mas não quero fincar eternamente o traseiro em banco de empregado. Quero ser livre, livre!

Às vezes, a hora em que telefona é tão despropositada que:

— E se você se recolhesse, hem, Vate? Talvez fosse bom para a saudinha...

— Oh, meu velho, está me dando conselho? Conselho eu não recebo de ninguém. Dê-ninguém!

— Tá certo. Então, boa noite.

Sua risada ressoa, longe. Ah, Vate Noturno! Não cheguei a falar de sua poesia, e termina a página. Mas ele vive a poesia a seu modo, entre a angústia, a amizade inquieta e fiel, o bar, a falta de noção das horas, a problemática interna, e que mais?

111

RONDÓ DA PRAÇA DA LIBERDADE

A Praça da Liberdade, coroa de Minas, estava posta em sossego. E era um sossego cheio de graça.

No fundo, o Palácio da Liberdade vigiava. Mesmo sendo apenas um nome, a divina Liberdade encantava a Praça.

Vinha o passado e sentava-se num banco, tomando a fresca ou tomando luar. Vinha o presente, ajeitava-se ao lado dele. Os dois puxavam uma dessas infindáveis conversas mineiras, saborosas e lerdas. As palmeiras ouviam. Os fícus ouviam. E calavam, num calar mineiro.

Mas o progresso exige fontes luminosas musicais.

Na Praça da Liberdade muita coisa aconteceu. Muito amor nasceu e viçou. Na alameda elegante, moças desfilavam perante rapazes, às quintas e domingos. Ah, como pisavam de leve na areia, com força em nossos corações!

Mesmo sem ser para namoro ou casamento, a Praça era a Praça, e convidava. Que quantidade de silêncio, nas horas imensas! À noite, nem te conto. Folhas e flores e olores e langores: entrelaçados.

Mário de Andrade passou por ali e sentiu a "jovialidade infantil do friozinho", em poema célebre. Pedro Nava cantou o jardim cheio de rosas, na tarde burocrática. Poetas poetijardinavam, superlíricos, na Praça oferecida ao verso.

Mas o progresso exige fontes luminosas musicais.

Secretarias de Estado, em redor, tentavam dar à Praça um ar de protocolo-geral. A Praça reagia, com seu verde-que-te-quero-verde.

Só admitia despachar com os pássaros, indeferindo os barulhentos, arquivando os desafinados.

Carros deslizavam, levando e trazendo senadores da velha guarda, marechais da política nacional, estrangeiros conspícuos. O Rei e a Rainha da Bélgica passaram por lá, em carruagem dourada pela imaginação do povo. O Príncipe de Gales lançou-lhe um olhar enevoado de uísque, com fagulhas de futura paixão pela futura Duquesa de Windsor. A Praça distribuía a todos o mesmo sorriso, sem distinção de classe ou casta.

Vinha dos municípios a onda de requisições de delegado de polícia para bater, e de queixas dos que eram batidos pelo delegado. Prefeitos de muita ronha, juízes mal pagos, professoras jamais pagas, boiadeiros hipotecados, loucos e *hippies,* todos afluíam à Praça, que a todos acolhia com sombra e doçura, sem ligar ao Palácio.

Diretamente embaixo do sol e das estrelas privativas do céu de Minas, reinando sobre a cidade povoada de edifícios grandiosos, a Praça não tinha farolagens de grandeza. Era simplesmente a Praça, dama de bom-parecer e império suave.

Mas o progresso exige fontes luminosas musicais.

Então, o Prefeito considerou as árvores e mandou botá-las abaixo, porque árvores atrapalham o moderno urbanismo.

Mandou abrir pistas que deixem passar maior número de veículos em maior velocidade, porque a cidade passou a existir para a máquina, e o amigo da natureza que se enforque no último galho ao vento.

Mandou projetar passagens subterrâneas, para que da Praça se descortine apenas o sombrio intestino, devidamente azulejado em forma de túnel.

Porque o progresso exige fontes luminosas musicais.

E mandou aprestar miríficas fontes, bastante luminosas e bastante musicais, que são o sonho de todo prefeito, nas montanhas mineiras, nas coxilhas do Rio Grande, nos igarapés da Amazônia, nos algodoais do Camboja ou nas cumeadas do Tibete.

Adeus, singelo espelho d'água da Praça, adeus, coreto histórico/ sentimental dos seresteiros e das charangas caprichadas. Dai o fora, que aí vêm roncando escavadeiras e tratores, e surgem novas pistas e aperfeiçoamentos mil, que nem as velhas árvores respeitam, quanto mais esse laguinho e essa saudade da valsa de Ouro Preto.

Chegada é a hora de rezarmos, ó mineiros, por alma da que foi a Praça da Liberdade, em sua forma e em seu caráter. Pois passou o tempo das praças, e chegou o tempo dos *shows* mirabolantes, junto a autoestradas delirantes.

E o progresso, ou o que quer que seja, exige cada vez mais fontes, fontes bem luminosas na escuridão, e bem musicais em meio à cacofonia geral.

LUA, CARA A CARA

Não precisamos ir à Lua para conhecê-la cara a cara. A Lua veio a nós e está correndo mundo, em forma de pedrinha.

O Presidente da República examinou detidamente a visitante, e seus presididos fazem o mesmo. É uma composição de óxidos – óxido de ferro, de manganês, de cálcio, de cromo, de enxofre, de titânio, etc. Muito forte em silicatos. Parece carvão – lembrou alguém: carvão mosqueado de pontinhos brancos, que são cristais de feldspato. Uma simples pedrinha: não pesa mais de 19 gramas. Minhas senhoras e meus senhores, eis a Lua.

Também me disponho a conhecê-la pessoalmente, mas há um primeiro obstáculo. A Lua resguarda-se por trás de uma parede de plástico, mais resistente que a blindagem das casas-fortes dos bancos, hoje desfeita ao apontar de um cano de revólver. Se não posso aproximar-me até pegar nessa pedrinha escura, como é que travaremos relações? Ver não basta. Quero sentir a Lua na mão, dar-me a seu contato. As pessoas não são apresentadas umas às outras através de campânula. A comunicação começa por abordagem corporal.

Olho bem para a Lua, procuro adivinhar-lhe o pensamento. Tenho certeza de que ela faz o mesmo comigo. Sou talvez uma pedrona à sua frente. Mais treinada do que eu, não deixa transparecer a mínima sensibilidade. Seus olhinhos brancos de feldspato, espalhados por toda a superfície, permanecem frios, enigmáticos. Gostaria de conquistá-la. Não à maneira dos cosmonautas, pisando nela, cavando-a para extrair amostras. Mas seduzindo-a pela manifestação da capacidade humana de compreender, de simpatizar, de amar e infundir amor.

A Lua: conheci-a tanto de longe, e sua imagem estava ligada a uma concepção metafísica do Universo. Não era bem a Lua dos namorados, desenho de cartão-postal, inspiradora de versinhos meloso-melancólicos. Era presença companheira, na noite, abrindo o véu para uma região onde o pensamento corria livre dos empecilhos do dia. Noite de luar era noite de penetrar mistérios insolúveis ao Sol: essências, transcendências. A seu influxo, as coisas ganhavam natureza etérea, um fluido musical (feito de silêncio, não obstante) se derramava sobre nossa contingente situação, e impregnava-a de conhecimento extrarracional. Era isso a Lua. Bastava dizer, bastava olhar para ela e conferir: É a Lua. Completamente distinta de qualquer astro ou planeta quando, subindo vermelha do mar, ou caminhando nobre e pausada no alto, varria da gente o cisco do tempo.

Agora, mudou. Um diante do outro, no salão vigiado por guardas (calma, não quero sequestrar a Lua), com a pedrinha fechada em copas, não sinto nada do que sentia. Estou cheio de informações. A rocha é a 1006 REP, o óxido de alumínio entra na percentagem de 3,60%, tem só 0,16% de óxido de potássio, mais tantos por cento disto e daquilo. Mas é evidente que o verdadeiro sentido da Lua, seu ser profundo, digamos assim, não se exprime em percentagem de minérios. Tenho de investigá-lo em condições impróprias, com toda essa gente em redor – gente que, se eu pedisse, Mr. Harry Kendall não mandaria embora para podermos conversar, eu e a Lua, uma conversa particular.

Que estará ela pensando da Terra? Dos homens? Acha nosso estilo de vida adaptável à sua natureza, e pensa em recomendá-lo às rochas irmãs que ficaram lá em cima? Tem receitas de paz e felicidade recolhidas no que classificamos de cemitério lunar, e que pode bem ser uma forma superior de existir, sem os percalços da existência aqui de baixo? Ou essa forma superior resta apenas na memória das pedras, como traço do que foi outrora a estupenda civilização da Lua? A lição da Lua será que todas as formas se extinguem, e nossa imperfeição também mergulhará, enfim, no aniquilamento noturno? Diverte-se a Lua nesse giro pela Terra? Ou se chateia, e gostaria de voltar depressa ao seu habitat, se é que não tem medo disto que chamamos de vida terrestre, e que se nutre de tantas modalidades de crime e de insânia?

E que desejaria indagar de mim a Lua, que não sabe perguntar-me de modo explícito, e não sei responder-lhe em linguagem acessível a pedrinhas como esta? Ficamos os dois, mudos e indecifráveis, incapazes de restabelecer a antiga relação entre o homem e a Lua, que vigorou desde os tempos primitivos até o ano da graça de 1969.

DESENHOS DE CARLOS LEÃO

O corpo feminino revelado
em sua linha virginal e eterna
(cada manhã, surpresa e novo encontro
a cada novo olhar que nele pouse):
são de Carlos Leão estes desenhos
expostos na Décor, ou se criaram
por si mesmos, à luz dos movimentos
que a mulher vai fazendo e desfazendo
no simples existir da intimidade?
A melodia corporal expande-se,
contrai-se, tudo é música no gesto
ou no repouso. O sono, esse escultor
modela raras formas e aparências.
Carlos Leão, que tudo vê e sente,
recolhe-as no seu traço, com amor.

ATANÁSIO 100%

Cara cem por cento é o Atanásio, do Departamento Sindical, setor de assembleias. Tão cem por cento que, quando o ex-presidente Jânio Quadros lançou o uniforme indo-mato-grossense para o serviço público, ele deu o prazo de 15 dias para que todos os funcionários sob sua chefia adotassem a indumentária oficial. Houve protestos, não cedeu. Duas semanas depois, a turma toda aparecia uniformizada, e Atanásio, antes de dar início aos trabalhos, passava-a em revista.

— O senhor aí. Está com o botão superior do dólmã desabotoado. Retire-se.

— Por que não passou a ferro o seu uniforme? Todo amassado, horrível. Suspenso por três dias.

— Mas...

— Quer que eu o suspenda por sete?

O enxoval de serviço não chegou a ser oficializado, ficou em conversa brasilcira, sabe como é? Atanásio teve de curvar-se à inexistência de lei impositiva. Relaxou a vigilância, com dor d'alma. E quando Jânio se mandou, teve esta explicação para a queda:

— Caiu porque não sustentou o uniforme. Quem não cria a forma, não é capaz de criar a substância.

Eu podia citar outros exemplos da inamolgabilidade de Atanásio, mas fico nesse do dólmã burocrático, porque o Ministro Passarinho e o Governador Negrão acabam de promover uma abertura em matéria de vestuário. Os servidores poderão comparecer à repartição mais à vontade, trocando paletó e gravata por um blusão leve, que não ofenda o decoro. Com esse calor danado, quem não apreciaria?

Chefe Atanásio não apreciou nem desapreciou: resolveu cumprir a ordem à sua maneira integral. O primeiro funcionário que lhe apareceu de casaco e gravata levou advertência:

— Não leu a portaria?

— Que portaria?

— A portaria que regula a nova roupa de serviço.

— Perdão, trata-se de algo facultativo, Seu Atan.

— Facultativo é ponto, portaria é portaria. E no meu setor, as portarias sempre foram cumpridas.

Atanásio regulamentou o blusão, verdade seja que com a colaboração espontânea da maioria de seus subordinados, só não admitindo sugestões com referência a determinadas cores, e proibindo desenhos figurativos. O grupinho do contra, porém, não apenas se absteve de participar dos estudos, como insiste em usar a trapizonga antiquada. E Atanásio, que não é de sentir calor nem frio fora dos regulamentos, acha isso falta grave.

Ele próprio aboliu o paletó e jogou fora as gravatas, isto é, guardou-as, com os paletós, até segunda ordem, pois nada obsta a que, em chegando o inverno, o assunto volte a ser cogitado em escalão superior. Teve de abrir um crediário imenso num magazine da cidade: nada menos de 12 blusões de *nylon*, para atender à portaria e à lavadeira. Por isso mesmo, não aceita a rebeldia dos engravatados.

— Ainda não puni o senhor porque me faltam elementos. Aguardo o parecer do consultor jurídico. Mas, por minha fé, sei que ele me dará respaldo legal.

— Mas, chefe...

— Este paletó é um escárnio, esta gravata é um achincalhe, eu sei, mas o senhor não perde por esperar. Além do mais, reincidente: em 1961, deu uma de tratamento de saúde, só pra não envergar o uniforme!

No momento, Atanásio, enquanto espera o pronunciamento do consultor, cogita de representar a seu superior hierárquico, propondo uma portaria que torne obrigatoriamente mais leves as vestimentas das funcionárias, para rimar com os blusões masculinos.

INVENTÁRIO DA MISÉRIA

Este não veio da Bahia, não pode dizer, como Adalgisa a Caymmi, que a Bahia está boa e está lá. Sua fala seria outra:

— A miséria está boa e está lá.

Lá é a cidade nascida à margem de uma siderúrgica, onde a riqueza convizinha com a pobreza, e vão as duas de braço dado, compondo a balada do Brasil novo e grande – tão grande, tão carente, tão desarrumado.

Como o salário de empregado modesto não dá para aguentar o repuxo, inventou por sua vez uma indústria doméstica que serve de quebra-galho: a maravilhosa farinha "Vale 30, verdadeiro manancial de saúde", cujo nome ostenta no prendedor de gravata. O que o obriga a usar gravata mais do que agradaria à sua comodidade.

Mas a farinha não lhe absorve as horas vagas. Estas são destinadas a fazer o levantamento da miséria, avulsa ou compendiada nos abrigos e asilos vicentinos, metodistas, espíritas e outros, espalhados em torno da aciaria. De posse desse inventário, vai às autoridades, que geralmente o escutam com a maior atenção, mas uma atenção voltada para os problemas delas, autoridades, como quem diz:

— Ora, você! Estamos cuidando de desenvolvimento, e você nos vem com miséria!

Trouxe-me as relações de velhos, aleijados, cardíacos, reumáticos, tuberculosos, sifilíticos, doidos, débeis mentais, mocinhas raquíticas, meninos famintos mas sem o prestígio fotográfico das crianças-mártires de Biafra. Tudo bem anotado: idade, moléstia, endereço (se é que há endereço em não morar propriamente em parte alguma, em estar aqui ou ali), e pergunta:

— Que vamos fazer com isto?

Respondo-lhe que não sei, sinceramente não sei. (E vem-me o receio de que todo aquele peso me desabe nos ombros.)

— A Companhia é poderosa... – arrisco. — Ela criou a cidade. Não pode dar assistência?

Dá a seu modo. Os órgãos oficiais especializados, também. Mas é modo que não resolve, não basta e, em muitos casos, não toma sequer conhecimento da realidade. E a realidade é uma safra cada vez maior de doença, abandono, aviltamento do ser humano.

— Olhe as fotos.

As fotos que ele me mostra são leques, colares de gente feia e triste, à espera de qualquer coisa, Godot ou nada. Mulheres com feridas nas pernas, garotos abobalhados, velhos sem um mínimo de expressão no rosto, nem mesmo sofrimento. Foram tiradas por fotógrafo muito vagabundo, como se eles mesmos se retratassem. Numa, aparece um Papai Noel incrível, com excesso de algodão na cara, sapatos mocassinos, calça comum, dançando com uma velha. É o fabricante de "Vale 30", em atividade natalina. Quando distribui presentes dados por famílias de recursos, levando também, às vezes, um pouco de música para alegrar aquela gente.

Por falar em música, pensa em sensibilizar as autoridades apelando para a televisão:

— Se eu procurar o J. Silvestre, ele me atende? E a Bibi Ferreira? Que programa eu devo procurar?

A televisão é hoje nosso Parlamento, falando a noite inteira, o ano inteiro. Apenas, como todos os Parlamentos, seus poderes constitucionais são limitados. É, pode ser que a televisão olhe para aqueles míseros – de leve, como diz o Ibrahim, mas e depois?

Abre e fecha a pasta que contém, resumida, toda a tristeza daquela região, levanta-se, vira-se, torna a sentar-se, inquieto, e como eu observo que está intranquilo, faz a peroração:

— Eu gostaria de lhe pedir licença para perguntar: o que é tranquilidade: ausência de barulho na minha porta? a conservação de minha casa, de meu carro, a parede, a cadeira, a mesa, o silêncio? a ausência de contestação? e de perguntas? o bom funcionamento de minha geladeira? de meu chuveiro? minha omissão no processo de minha cidade, do meu estado, do meu país? É quando ninguém reclama nada de mim? quando ninguém me chateia? quando ninguém indaga se meu trabalho é o que devia ser feito? É obséquio me responder segundo o seu ponto de vista abalizado.

E despede-se, oferecendo-me um quilo de "Vale 30", depois de informar-me, de passagem, que tem 16 filhos, todos robustos e alimentados com sua prodigiosa farinha.

UM SEMESTRE DE VIDA

Já deu balanço do primeiro semestre? perguntou o calendário à consciência, no escritório. E a consciência respondeu secamente: Agora não dou mais balanço.

O calendário ia insistir – é velha mania sua, querer alertar os homens, no silêncio da casa – alegando a conveniência de avaliarmos periodicamente ganhos e perdas de nossa vida particular. Mas a consciência, talvez porque fizesse frio neste julho, o que é uma novidade (como se nunca mais o inverno fosse inverno durante o inverno), não parecia disposta a mexer-se. O fim de um primeiro semestre não merece lá tanta importância, ou a vida está difícil de ser balanceada, essa vida que cada vez mais se assemelha ao interior de um avião sequestrado, onde tudo é confusão e ninguém sabe o que vai ser daqui a cinco minutos. O calendário moitou.

Balanço? Mas balanço de quê, se nem se sabe mais o que é débito e muito menos o que seja crédito, numa situação em que tudo provém do acaso ou a ele se remete? – indagaria por sua vez a consciência, caso estivesse disposta a dialogar. E prosseguiria: A variação contínua desloca de uma para outra coluna lançamentos que pareciam intransferíveis. Quem deve o que a quem, desde quando, e por quanto tempo? E quem possui de seu alguma coisa que possa considerar sua por um vínculo incontestado, e, mesmo, que deva ser tido como coisa, catalogável, em natureza e permanência? Nem são os bens que nos escapam. Somos nós que escapamos aos bens, pela incapacidade de fruí-los, ou até de identificá-los, com eles nos identificando, conforme a lição do velho portuga: "Transforma-se o amador na coisa amada." Razões de amor e desamor embaralham-se na visão do mundo, que nos é proposta. Cada manhã temos que retificar um julgamento herdado de códigos venerandos, ou de nossa própria experiência. Somos forçados a ginásticas intelectuais vertiginosas para nos adaptarmos, não já a uma nova situação histórica, mas ao momento de trânsito, que nada significa na síntese histórica.

E por aí além. Quando começa a divagar, a consciência vai longe e não chega a lugar nenhum. Perde-se nos labirintos do escritório. E como tem labirintos o escritório! Não se constitui apenas de mesa, máquina fornecedora de palavras, estantes, livros, papéis. É um lugar estranho, que não começa nem acaba em pontos determinados. É lugar onde se sepultam memórias de outros seres, misturadas às nossas. Memórias que são exumadas a qualquer momento. Lugar onde se tecem mentiras, sonhos, logo reduzidos a sinais gráficos. Mistérios. Corredores que levam para dentro do ser, escaninhos no ar, chaves aparentemente inúteis, abrindo para galerias ou catacumbas. De onde começam a pingar os fantasmas. Esse que vem aí é Dante? Não; é o leproso embrulhado na manta vermelha; vinha a cavalo, na estrada crepuscular, e te olhou fixamente; olha até hoje, se te abstrais do real imediato, no traiçoeiro escritório, onde o calendário em vão quer impor a medida do tempo, com suas responsabilidades, inquietações, caneladas e prazos de morte.

Não vou dar balanço nenhum em minha vida – decreta o homem, perfeitamente desajustado no bojo do desajustamento mundial. Quero lá saber se perdi meus seis meses de 1970, ou se há algum saldo oculto, que de tão oculto nem o mais sagaz contador de almas era capaz de descobrir. E se minhas perdas fossem tamanhas que me fizessem desistir de tocar a vida no segundo semestre? Julho é apenas um acidente, a folhinha é uma chata. Sobretudo, tenho de evitar que o peso do universal desencontro recaia inteiro sobre minhas costas de mosquito, pois mosquito é o que sou para tamanha carga. Mosquito! Mosquito! Mas não me deixam nem esvoaçar em paz, nesses poucos metros quadrados de escritório?

ATRIZ

A morte emendou a gramática.
Morreram Cacilda Becker.
Não era uma só. Era tantas.
Professorinha pobre de Piraçununga
Cleópatra e Antígona
Maria Stuart
Mary Tyrone
Marta de Albee
Margarida Gauthier e Alma Winemiller
Hannah Jelkes a solteirona
a velha senhora Clara Zahanassian
adorável Júlia
outras muitas, modernas e futuras
irreveladas.
Era também um garoto descarinhado e astuto: Pinga-Fogo
e um mendigo esperando infinitamente Godot.
Era principalmente a voz de martelo sensível
martelando e doendo e descascando
a casca podre da vida
para mostrar o miolo de sombra
a verdade de cada um nos mitos cênicos.
Era uma pessoa e era um teatro.
Morrem mil Cacildas em Cacilda.

O QUE SE DIZ

Que frio! Que vento! Que calor! Que caro! Que absurdo! Que bacana! Que tristeza! Que tarde! Que amor! Que besteira! Que esperança! Que modos! Que noite! Que graça! Que horror! Que doçura! Que novidade! Que susto! Que pão! Que vexame! Que mentira! Que confusão! Que vida! Que coisa! Que talento! Que alívio! Que nada...

Assim, em plena floresta de aclamações, vai-se tocando pra frente. Ou para o lado. Ou para trás. Ou não se toca. Parado. Encostado. Sentado. Deitado. De cócoras. Olhando. Sofrendo. Amando. Calculando. Dormindo. Roncando. Pesadelando. Fungando. Bocejando. Perrengando. Adiando. Morrendo.

Em redor, não cessam explosões interjetivas. Coitado! Tadinho... Canalha! Cachorro! Pilantra! Dedo-duro! Bandido! Querido! Amoreco! Peste! Boneco! Flor!

E vêm outras vozes breves, no vão do vaivém:

É. Pois é. Ah, é. Não é? Tá. OK. Ciao. Tchau. Chau. Au. Baibai. Oi. Opa! Epa! Oba! Ui! Ai! Ahn...

Que fazer senão ir na onda? Lá isso... Quer dizer. Pois não. É mesmo. Nem por isso. Depende. É possível. Antes isso. É claro. É lógico. É óbvio. É de lascar. Essa não! E daí? Sai dessa.

Não diga! É o que lhe digo. Eu não disse? Repete. Como ia dizendo... Não diga mais nada. Digo e repito. Dizem... Que me contas!

E chegam os provérbios, que se deterioram, viram antiprovérbios. Tão certo como 2 e 2 são só dois dois. O bom da festa é acabar com ela. Quem canta espanta. A noite é conselheira acácia. Um proveito não cabe em dois sacos de papel. De hora a hora Deus vai simbora. Simonal é melhor e não faz mal. Um dia é do caçador e o outro também. A saúva é essencialmente agrícola. Banco de jardim ninguém assalta: é de ferro. Um urubu não faz verão. Ou faz?

A situação toma-se confusa. A moça tira o sapato: tem pé de laranjolina. O mar recua diante da SURSAN, resmungando: Amanhã eu volto. Presos dois adultos sob o viadúltero. Chica da Silva pavoneia-se na Tijuca. Pedrálvares Cabral descobre o bromil. Pistolas de ácido lisérgico disparam a esmo; multidões devoram torresmo de muitos sabores e odores. Todo tostão quer ser campeão, mas só um é do bolão. De castigo, não mostre o umbigo. Um rato é um chato, é um chato, é um chato. Também, com este nome: Praga ... Pode me dizer quando será instaurado o socialismo nos países socialistas? Desculpe: todos os canais estão ocupados. A Lua, nua. Marte, de zuarte. Vênus, é o de menos. E o Sol? Um caracol. Tudo rima, depois que as rimas deixaram de ser. Furacão que se preza tem nome de mulher, mulher não precisa ter nome de furacão. E adeus. Se continuar, quem vai entender? E depois, que frio! Que calor! Que vento! Que tudo! Etc.

CARTA À PRINCESA DE MÔNACO

Alteza:

Ia dizer que recebi seu telegrama, e com isto faria explodir de inveja inúmeros colegas, mas prefiro não mentir: o telegrama não veio. Teria sido enviado? Houve sequer intenção de enviá-lo? Não creio, e o melhor é não exigir de Vossa Alteza favor tão especial, como esse de convidar-me nominalmente para o Baile dos Escorpiões, que se bailará em Mônaco no dia do seu aniversário, reunindo Escorpiões famosos de Europa, França e Alagoas. Sou Escorpião, sem ser famoso; não sei dançar; viajar não é de meu apetite; que iria eu fazer em tão ilustre companhia, com os Burton, os Malraux, os Ionesco, os Rock Hudson e até os Picasso dando *show* de alta escorpionidade?

Contudo, agradeço-lhe, ó Irmã. Agradeço-lhe como se houvesse merecido a honra do convite. Nós, Escorpiões, temos de agradecer a tudo e a todos por nos permitirem viver, malgrado nossa terrível ficha zodiacal. E se a um de nós, aliás uma, e das mais florentes, ocorre dar uma festa em homenagem à nossa condição maldita, como é que a classe inteira não se rejubilaria, soltando íntimos foguetes de entusiasmo e gratidão?

Ah, prezada Grace, bem sabe que vida de Escorpião é fogo. Por mais que nos mostremos doces e afetuosos, identificam-nos com o aracnídeo que deu forma à nossa constelação-máter. E por mais que nessa constelação resplandeça, com alaranjado fulgor, a estrela Antares, é a figura do bichinho venenoso e sombrio, habitante de porões lôbregos, que se liga à nossa condição. Até que não mordemos tanto assim, via de regra somos mordidos por Virgo, Áries ou Aquário, esses falsos inocentes. E se temos ferrão, é quase sempre contra nós mesmos que o aplicamos, em horas turvas, quando viver é problema tão insolúvel quanto a poesia vanguardista.

Pois é, querida (à proporção que escrevo, sinto-me mais à vontade junto à sua gentil pessoa), os astros brincam de atropelar-nos a existência. Somos difíceis, somos fechados em copas, somos imprevisíveis. Mas de quem a culpa, senão desses corpos estelares, que se cruzam e descruzam para gerar nossa complicação? Quando Saturno entra a perturbar Netuno e a fazer oposição a Urano, é para criar-nos dificuldades aqui embaixo. Urano, por sua vez, célebre pelos caprichos espaciais, ao completar o ciclo de sete anos na décima casa solar, faz questão absoluta de concentrar sobre nossos destinos os raios de sua perfídia. Façamos uma experiência, Kellynha: seja qual for o dia em que você abrir o jornal, verão ou inverno, dia santo ou outono, primavera ou Natal, o horóscopo só nos recomenda isto: previna-se, precavenha-se, precate-se, atenção, muita atenção, cuidado, cautela, caluda, olhe a casca de banana! Já viu que horóscopo mais sem graça? De quem me recomende cautela, não preciso eu: tudo em redor a insinua e impõe. O que está em falta é a alegre permissão de fazer as coisas gostosas, ou nem isso, as coisas simples e naturais a que aspiramos, nós e nossos amigos e amigas em signo, freados pelo fatal conselheiro matutino, que nos injeta medo e inibição, com base na perversa triangulação de Júpiter, Plutão e Marte sob Escorpião!

Claro, amada Grace, que não irei ao seu bailarico. Mas dançarei na alma a dança da alegria, por saber que em Mônaco, na mínima área de 1,5 km^2, uma noite dessas, os mais notáveis Escorpiões se reunirão em palácio, obsequiados pela nobre anfitrioa escorpiona. Certamente você já tomou as devidas precauções para que Saturno e outros inimigos do alto não façam estourar a banca, perdão, o baile. E ficará de olho atento nos convidados, desde o trêfego Richard

Burton até o incurável jovem Picasso. Nunca se sabe, ai de nós, o que um Escorpião fará em determinadas circunstâncias. E tantos assim reunidos... A culpa, repito, não é da gente. *La chair est triste,* e os astros são impossíveis. Advirto respeitosamente a Vossa Alteza (eis que o espírito cerimonial regressa a mim), e advirto a seu augusto consorte, o Príncipe Rainier III, a quem envio meus saudares; quem diz Escorpião diz contradição, confusão, alucinação. E em festa de Escorpião, até Pinto tem ferrão. *Acceptez les hommages de votre très humble et très dévoué sujet* C.D.A.

FESTIVAIS

I / DA CANÇÃO

Vinte canções, depois mais vinte
pedem licença à lei do ruído,
fazem soar, entre estampidos,
sua lição.
O Rio volta para a música
os seus ouvidos triturados.
O som é pobre? A letra, manca?
Não sejamos tão exigentes,
vamos ser francos:
o que se escuta, normalmente
pelas ruas sem pauta e solfa,
é o canto bárbaro de estouros
regougos pipocos roucos
melhor vertidos em quadrinhos:
Auch! Grunt! Grr! Tabuuum!
Plaft! Pow! Waham!
Eis que flui do Maracanãzinho
a melidoçura de uma valsa
de noite brasileira antiga
com beija-flores acordados
por Luciana de olhos marinhos.
E tem uma garota, Evinha,
no país dos diminutivos,
que parece nossa irmãzinha,
de tantos irmãos que irmana,

oi cantiguinha irmanadeira.
Ficam alguns a resmungar
a debater, a perquirir
como que deve ser o jeito
da canção, mas todos os jeitos
todas as vozes, acalantos
alegrias, mensagens, prantos
soledades, exaltações
ternurina bobeira lírica
nostalgias, ânsias futuras,
cotovelo-em-dor, abraço-em-transe
cabem no canto, são o canto.
Se não há festa no momento,
há festival
e entre faixas, flâmulas flamengas
e outras que tais
o povo escolhe, soberaníssimo,
seus ritmos ao tempo e ao vento.
Um sabor de voto percorre
a miniarena do Maraca
e a eleição, em dupla fase,
está mostrando a face clara:
o amor faz seu gol de letra
pelas letras do mundo inteiro:
Love is all, Love is all around
Mon enfant, mon amour
me has enseñado a conocer,
em beijo sideral,
lo que es el amor.
Je t'aime et la Terre est bleue.
(Não será tão *bleue* quanto queres
mas há sempre um resto de arco-íris
na íris móbil das mulheres.)

Que importa se a melhor canção
não foi escrita nem sonhada?
Se não palpita em folha branca
e muda garganta?
Eu canto meu possível, neste
possível mundo
e uma alegria sem rataplã
leve, redonda, sobra num mágico
voo andorinho,
das noites-dias do Maracanãzinho.

II / DO CINEMA

Geneviève Waite

Pálida Joaninha
pálida e loura, muito loura e –
nem tão fria quanto no soneto
esvoaça entre leitos.
A borboleta presa no pulso
quer voar mas falta céu em Londres enevoada.

Neda Arnevic

O broto de 15
estrelando filmes
proibidos para
os brotos de 15.

Brasileira

Florinda Bulcão, florido
balcão: com esse nome lindo
no frontispício do poema,
para que fazer cinema?

O nome

Trintignant
trinta trinchantes
trinca nos troncos
tranca no trinco
tranco sonoro
– Adoro! –
diz num trinado
trêfega trintona.

Liquidação

E Robbe-Grillet, de um lance,
mostra, encantado, seu lema:
— Já liquidei com o romance,
vou liquidar com o cinema.

Tráfego

O diretor de *Uma aventura no espaço*
a poucos metros da Lua
veio ver pessoalmente
nossa terrível aventura no limitado
espaço de uma rua
de sinal enguiçado.

Velha guarda

Joseph von Sternberg
Fritz Lang
Cavalcanti
3 x 70:
210 anos de cinema
o poder é sempre jovem
quando é alguma coisa mais do que o poder.

Mercado de filmes

Compra-se um
que tenha menos de 10 espiões
assassinos/assassinatos;
que, tendo cama,
tenha também outros móveis agradáveis
à vida comum do corpo
como a espreguiçadeira, a mesa, a cadeira;
que tenha princípio
meio e fim;
que não tenha charada nem blá-blá-blá
enfim
um filme que não existe mais.
Paga-se tudo.

Genealogia

Na piscina do Copa
tela líquida panorâmica
do festival de corpos
o repórter erudito
pergunta a Mireille Darc:
— *Mademoiselle,*
est-ce que vous êtes
la toute petite-fille de Jeanne d'Arc?

Desafio

Matemática de cine
a estudar em Ipanema
pelo jovem não-quadrado
(Pasolini é quem previne):
Superbacana é o teorema
que não será demonstrado.

GATO NA PALMEIRA

Tenho uma amiga fabulosa, que às vezes perco de vista. Procuro em vão seu endereço. Eis que a encontro na rua, e me informa:

— Casa? Estou com três, e não moro em nenhuma. Estão todas ocupadas pelos cachorros que fui apanhando por aí, ou que largaram em frente à porta. Até os empregados que tratam deles levam para lá os seus animais. Tenho vontade de ocupar uma das casas, para voltar a ser gente. Mas para isso preciso comprar enxoval de gente.

Não é mais gente, é São Francisco fantasiado de mulher, ou é cachorro também, por empatia? Certo é que às vezes se cansa, quer deixar de amar os animais doentes ou abandonados. Mas só por um minuto. Logo se arrepende, e:

— Dizem que eu sou boa. Não sou não. Apenas, gosto mais de cachorro que de brilhante. Será possível sentir mais prazer em botar um brilhante no dedo do que ver um cachorrinho com sede – lept lept – bebendo água?

E não dá só de beber aos cachorros, dá-lhes carne, injeção, pomada, vitamina C (gastou uma herança nessa brincadeira). Tudo isso é ternura também. Suas três casas são simplesmente canis. Foi processada por latidos que não deixavam os vizinhos dormir. Então, deixou de morar, e saiu por aí, alojando os cães em vivendas só para eles. Mas sua piedade/amor não é só para cão. É para burro velho, pato sem asa, qualquer bicho sofrente. Conta-me, radiante, o caso do gato de Campinho:

O gato, ao fugir do cachorro, subiu ao cocuruto da palmeira, e lá se deixou ficar. Passaram-se dias. Sua dona, cá embaixo, falava-lhe com doçura, sem convencê-lo a descer. Chegaram vizinhos, trazendo varas emendadas para içar alimento, que o gato, desconfiado, repelia. Subir para pegar o bichinho ninguém ousava. Era uma dessas esguias, orgulhosas palmeiras, a que apenas sobem o gato e o bombeiro.

Em tais circunstâncias, o positivo é apelar para minha amiga, que por sua vez apela para o Corpo de Bombeiros, com a autoridade que lhe dá o fazer tudo pelos animais sem nada querer para si. Mas a corporação anda cansada de salvar bichos em abismos, montanhas, beirais de telhado. É demagogia, sentenciou alguém de alto escalão. Além do mais, no lugar onde o diabo do gato se meteu...

— Vocês não vão desmentir a tradição de que para bombeiro nada é impossível! – protestou minha amiga.

— A gente mal acabou de salvar o gato, ele grimpa de novo. Esse bicho é de morte, dona.

Etc. A verdade é que salvar bichos, confortar crianças e adultos desesperados com a situação crítica de animais de estimação, sempre foi tarefa que os bombeiros adoraram. O que não os impede de apagar incêndio na hora devida; é sobremesa de todo dia. Os bombeiros do Posto de Campinho estavam desolados, mas, sem ordem superior, nada feito.

De grau em grau, o próprio comandante foi procurado por toda parte. Passava de meia-noite, ele regressava de um congresso internacional de bombeiros e ia dormir, quando minha amiga o localizou e obteve ordem para salvar o gato. Mas já era tarde, ponderou o comandante; tudo se faria no dia seguinte.

— Tarde não, comandante. Tenente Benevenuto disse que se o senhor autorizasse...

— Ah, ele disse isso? Então diga ao Tenente Benevenuto que ele mesmo é quem vai tirar o gato. Já.

Tenente Benevenuto estava no primeiro sono. Acordado, vestiu-se, convocou a turma de salvamento e foi salvar o gato. Sem fazer barulho com o carro, para não alarmar uma parte do Rio de Janeiro. Salvaram, dentro da tradição. Eram quatro horas da matina. E como estavam com a mão na massa, dali seguiram para tirar um cavalo caído na vala, em Ricardo de Albuquerque, e apagar um foguinho em Rocha Miranda. Minha amiga (ela não contou, mas adivinho) deve ter seguido no carro com eles, feliz da vida. Assim é Lya Cavalcanti – não podia ser outra, é claro.

NOVO CRUZEIRO VELHO

— O Conde das Galvêas telefonou.

— Não é conde, Lindomar, é o presidente do Banco Central.

— Para mim é conde. Estou estudando História do Brasil, e sei que essa família é cheia de condes.

(Lindomar, a copeira, faz um curso noturno, e sabe coisas.)

— Ele deixou recado?

— Disse que de 1º de abril em diante, quando assinar cheque, o senhor tome cuidado de não botar mais "cruzeiro novo". Bota só "cruzeiro".

— O Galvêas é um bom amigo. Me dá sempre as notícias em primeira mão. Você agradeceu a ele a gentileza?

— Agradeci, sim senhor, mas estranhei a dança.

— Que é isso, Lindomar!

— Disse a ele que esse negócio de bota novo, tira novo, quando é que vai parar?

— E ele?

— Ele respondeu que o novo era provisório, só enquanto a gente se acostumasse com o valor diferente do cruzeiro. Agora que a gente acostumou, vira outra vez cruzeiro só.

— Você aceitou a explicação, claro.

— Aceitei não senhor. Falei com o senhor conde que se a gente já estava acostumada, por que desacostumar de novo?

— Lindomar...

— Aliás – falei assim – aliás eu não estou acostumada. Para mim, até é bom acabar com essa história de cruzeiro novo, porque nunca vi novidade nenhuma no cruzeiro. Cada vez mais velho, coitado. O senhor não acha?

— Mais velho, como?

— Mais sem força, mais entregando os pontos. O meu ordenado...

— Lindomar, não está em discussão o seu ordenado. Você contava a sua conversa com o conde, perdão, com o Galvêas.

— O senhor conde me observou que agora vai ficar mais simples, é uma palavra que a gente corta na escrita. Se ficou mais simples, por que fizeram antes mais complicado? Bom era no tempo de minha mãe: conto de réis pra cá, conto de réis pra lá. Minha mãe até hoje só fala em vinte contos, cinquenta contos. Fica atrapalhada que só o senhor vendo, quando eu digo a ela que paguei oitenta cruzeiros – quer dizer oitenta cruzeiros novos – por um par de sapatos. Por que é que são novos, minha filha? ela indaga; os velhos não serviam, estavam muito estragados? Eu explico, ela torna a indagar: É caro ou barato? Esse cruzeiro que você está falando é mil-réis? Conto não pode ser, conto é dinheiro graúdo, minha filha... O senhor está vendo a confusão que a mudança de nome faz na cabeça das pessoas de certa idade?

— Mas você é moça, Lindomar.

— Foi o que o senhor conde me disse, embora não me conheça. Pela voz. Ele foi muito distinto, não se queimou com a minha crítica. Repetiu que agora não vai ter mais problema, acabou essa história de novo e de velho, acabou carimbo, é cruzeiro só, pro resto da vida. Aí, eu...

— Ainda teve coragem de insistir, criatura?

— Pedi licença pra encaixar mais uma só.

— E ele?

— Disse que tinha uma reunião com a Comissão de Assuntos Monetários da ALAC — é ALAC mesmo, ou estou enganada?

— Correto.

— Da ALAC, e me pediu que fosse breve. Fui. Perguntei ao senhor conde quando é que o cruzeiro, depois de achar o nome definitivo, ficará valendo alguma coisa.

— Lindomar, você é impossível!

— Falei com todo o respeito. O senhor conde é a finura em pessoa, mas não quis me responder. Disse assim: "Menina, dê o meu recado ao seu patrão, e estude um pouco de Economia Política." Vou estudar, é claro. O senhor não acha bom?

Achei.

ONTEM, FINADOS

Dois de novembro – Tantos amigos mortos, no Rio, em Minas, São Paulo, como reuni-los todos num só pensamento, neste Dia de Finados? Receio esquecer alguns. A máquina de lembrar, acionada pelo calendário, faz o serviço. Tropeça aqui e ali, hesitante. Há fisionomias tão esbatidas no tempo que poderiam confundir-se com fantasmas. Entretanto, viveram a meu lado, andamos, bebemos e comemos juntos, sobretudo ficamos calados juntos, nessa intimidade maior com que o silêncio gratifica os amigos. Como fui deixar que eles se afastassem tanto da lembrança? Não foram eles que me deixaram. Eu é que os deixei, substituindo-os por outras figuras. Neste inventário de novembro, verifico a segunda morte a que submeti tantos mortos.

Outros, pelo contrário, acompanham-me o ano inteiro, tão próximos que chego a imaginar: sou eu que morri, e eles estão pensando em mim, emprestando-me vida. À margem de toda crença espiritualista, sinto que vivem; à margem de toda evidência física, essa vida me envolve, fazendo de mim objeto de recordação. Sou pensado por quem me pensa. Amo o amor com que me amaram e não se dissolveu no tempo. E como não pode existir amor sem pessoa amante, eles estão vivendo, por mim, em mim, a vida que perderam.

Conheço tantos mortos que nem sei se o número de conhecidos vivos é maior do que o deles. Fui fazendo imensa coleção de finados, a partir daquele dia da infância em que primeiro tive o sentimento da morte: a tia-avó muito branca, sobre a cama alvíssima, no quarto que cheirava a cânfora e alecrim, com alguma coisa de capela. A imobilidade escultural, a compostura, o sereno desligamento de todo cuidado impressionaram-me. A morte parecia um aperfeiçoamento final, o último retoque na fisionomia. Daí por diante, as criaturas estariam completas, e ninguém poderia deformá-las ou apontar-lhes qualquer defeito.

Sei que é vão este exercício de memória num dia prefixado para o culto dos mortos. A data vale apenas como lembrete da necessidade de pensar neles habitualmente. Disse necessidade, não disse obrigação. Tê-los perto de nós, como companheiros fiéis e discretos, não é pagar dívida de gratidão ou aplacar remorso pelo que lhes tenhamos feito sofrer. É tirar deles um benefício de paz e compreensão, de que a morte possui o código. Lição de equilíbrio, e mesmo de harmonia, entre forças que se cruzam fora e dentro de nós, criando a angústia de viver. Só então sentimos que eles *não nos fazem falta*. E mais: foi preciso que se despedissem para que os conservássemos melhor em nossa companhia, já sem possibilidade de atritos, desconfianças e tédio. Ficaram limpos de qualquer desinteligência. Tornaram-se amor, inesgotavelmente.

Levamos muitos anos para chegar a este ponto de convivência não espírita, até não religiosa, com os mortos. E é uma sociedade encantadora, pela polidez, pela sensibilidade, pela sutileza do entendimento mútuo. Sorrimos muitas vezes de um traço do temperamento do morto, e permitimo-nos com ele brincadeiras que em vida sua não nos animaríamos a fazer. O *humour* vitaliza a saudade, se é que se pode chamar saudade uma sensação de presença tranquila nos dias de sol, na rua que vamos percorrendo... com o cupincha invisível, chame-se ele Gastão, Mário, Rodrigo, Manuel, Alberto, Aníbal, tantos, longínquos, próximos vivos; perfeitos.

LUAR PARA ALPHONSUS

Hoje peço uma lua diferente
para Ouro Preto
Conceição do Serro
Mariana.

Não venha a lua de Armstrong
pisada, apalpada
analisada em fragmentos pelos geólogos.

Há de ser a lua mágica e pensativa
a lua de Alphonsus
sobre as três cidades de sua vida.

Comemore-se o centenário do poeta
com uma lua de absoluta primeira classe
bem mineira no gelado vapor de julho
bem da Virgem do Carmo do Ribeirão
dos menestréis de serenata
bem simbolista bem medieval.

Haja um luar de prata escorrendo sobre montanhas
inundando as prefeituras
os bancos de investimento de Belo Horizonte
a própria polícia militar
de modo que ninguém se esqueça, ninguém possa alegar:
    Eu não sabia
    que ele fazia
    cem anos.

Mas não é para soltar foguete nem fazer
os clássicos discursos ao povo mineiro
dando ao espectro do poeta o que faltou ao poeta
numa vida banal sem esperança.
É para sentir o luar
extra que envolve
Ouro Preto, Mariana, Conceição
filtrado suavemente
da poesia de Alphonsus, no silêncio
de sua mesa de juiz municipal
meritíssimo *poeta do luar*.

Algum estudante, sim, espero vê-lo
debruçado sobre a *Pastoral aos Crentes
do Amor e da Morte*, penetrando
o cerne doceamargo
de um verso alphonsino cem por cento.
Algum velho da minha geração,
uns poucos doidos mansos, e quem mais?
Onde o poeta assiste, não há *cocks*
autógrafos, badalos, gravações.
Está cerrado em si mesmo (*tel qu'en lui-même
enfin l'éternité le change...*)
e descobri-lo é quase um nascimento
do verbo:
cada palavra antiga surge nova
intemporal, sem desgaste vanguardista, lua
nova, na página lunar.

E essa lua eu peço: aquela mesma
*barquinha santa, gôndola
rosal cheio de harpas
urna de padre-nossos
pão de trigo da sagrada ceia*

lua dupla de Ismália enlouquecida
lua de Alphonsus que ele soube ver
como ninguém mais veria
de seus mineiros altos miradouros.

O poeta faz cem anos no luar.

PROBLEMA ESCOLAR

Álvarus e seu magnífico bigode branco estão visivelmente preocupados. Será pela guerra no Camboja, ou coisa parecida? Interpelo-o, e o escritor-caricaturista desabafa:

— É um problema escolar, meu velho. Não sei como resolvê-lo. Da solução depende, com o meu sono, a minha criatividade.

— Procure no Ministério da Educação o nosso colega Passarinho, que é romancista.

— Não depende dele, nem de ninguém. Só depende de um casal de *dobermans,* que mora lá perto de casa. E é uma questão melindrosa. Questão que envolve família...

— Dê logo o serviço, Álvarus.

— Você sabe que um *doberman* latindo, à noite, dá para roubar o sossego de um quarteirão. Dois *dobermans,* é a cacofonia total.

— Fale com seu vizinho, dono dos cães.

— Já falei. Ou melhor: escrevi uma carta muito delicada apelando para ele. Expliquei que sou um senhor de idade (exagerei um pouco) e preciso de dormir umas tantas horas para no dia seguinte amanhecer com o espírito alerta, pronto para escrever e desenhar minhas coisas. Pedi-lhe que desse um jeito nos animais, evitando os concertos de canto eletrônico que eles dão à noite.

— E ele?

— Respondeu em carta ainda mais delicada, dizendo que compreendia muito bem a situação e tomara providência. Matriculou os *dobermans* na escola de cães do Coronel Stupfnagel, um cobra no assunto.

— Foi perfeito, Álvarus.

— Foi. E eu exultei. Imaginei logo os cães estudando e decorando a Lei do Silêncio, para observá-la. E mais. Aprendendo a abrir porta, mandar visita sentar-se, atender telefone, trazer café, essa coisa toda. Maravilha! Fiquei aguardando os resultados do curso. Natural que o ensino não produzisse efeito imediato. Não se forma bacharel em uma semana. Como exigir de um cão que de um dia para outro aprenda todas as regras de civilidade?

— Afinal, aprenderam?

Álvarus fez cara triste:

— Foram ao pau.

— Como?

— Reprovados em primeira época, meu caro. Não sei se irão à segunda, ou se vão fazer artigo noventa e nove.

— Ora, o regulamento deve prever esse caso.

— Nenhum regulamento prevê o que aconteceu aos dois. Estão latindo mais do que antes, e em tonalidade mais agressiva.

— São talvez excepcionais, precisam de curso especializado.

— Sei lá. Escute o que aconteceu. No decorrer do ano letivo, a cadela teve oito filhotes: sete dobermanzinhos indubitáveis, de pelo preto luzidio, e um outro de pelo marrom-claro, meio duvidoso. Desde então, começou o desentendimento do casal, que já não late em uníssono, mas numa espécie de rajadas conflitantes, furiosas. Ele passa a noite exigindo explicações, em altos brados, e ela retruca não fazendo por menos. Os filhotes, por sua vez, intervêm na discussão: são dez a latir, sendo que o tal marrom-claro late de modo especial, é esquisito. Devido ao conflito emocional que paira sobre a família, os pais naturalmente relaxaram no estudo, frustrando a providência do vizinho e liquidando de vez com o meu repouso. Se eu conseguisse convencer os dois a deixarem de lado essa questão incômoda e voltarem às aulas nesta década da educação... Como? Em questões de família é perigoso a gente se meter. E o cachorro podia não gostar se eu lhe lembrasse os deveres do cão de guarda, que há de começar guardando a sua própria. Ando abatido.

— Estou vendo pelo bigode. Parece menos festivo.

Álvarus suspirou:

— Consumo caixas e caixas de sonífero. Sei não, mas chego a suspeitar que o meu prezado vizinho é sócio de laboratório farmacêutico, e confia nos *dobermans* para aumentar o consumo de drogas.

O CABO EM LEILÃO

— Assim não é possível – queixa-se ao repórter o candidato a deputado pelo Ceará. É o maior leilão de votos que já vi na minha vida. Compraram até o meu cabo eleitoral no Icó!

O cabo eleitoral, este, não disse nada. Nem podia dizer: estava longe, em atividade. O repórter especulou:

— Leilão mesmo, doutor?

— Não há outra palavra. Leilão de votos, no duro.

— Então o senhor podia oferecer maior lanço pelo cabo.

— Ofereci.

— E daí?

— Meu adversário dobrou a parada.

— E então?

— O cabo não valia tanto. Ou por outra, valer ele vale até mais. Mas desisti. Achei que era desaforo.

— Sendo assim, o senhor não pode queixar-se.

— Como não posso? O cabo era meu, de antigas eleições. Estávamos acostumados um com o outro. Nunca me traiu.

— Nesse caso, devia fazer tudo para arrematá-lo.

— Arrematar uma propriedade minha? Veja bem. Por onde anda o instituto da propriedade?

— Não entendi.

— Um cabo que eu eduquei, que eu preparei com todo o carinho, ensinando-lhe os macetes para cabalar o eleitorado. Tudo que ele sabe deve a mim. Não pense que é alguma coisa de mal, não, mas o cabo deve aprender certas coisas. Campanha eleitoral tem seus segredos, né?

— Compreendo que esse rapaz lhe deva gratidão, mas daí a considerá-lo propriedade sua...

— Se eu lhe ensinei os macetes, e se os macetes são meus, herdados de meu pai e meu avô, que fazia política no Sertão do Salgado e no Alto Jaguaribe desde os tempos do Partido Conservador, posso perfeitamente considerá-lo propriedade minha, pois sem isso ele não valeria nada.

— E como deixou que ele fosse leiloado?

— Quando dei fé, meu competidor já tinha oferecido a ele um lugar de fiscal de obras na Prefeitura. Ele me procurou, e eu lhe prometi dar a própria execução das obras depois da eleição. "E a concorrência, doutor?", ele me ponderou. Tranquilizei-o quanto a isso de concorrência, é coisa que se dá um jeito. Mas o desgramado do meu rival lhe prometeu o lugar de tesoureiro, que por azar se vagou ontem, devido ao enfarte do titular. Aí eu fiquei enojado e não quis mais saber de oferecer-lhe nada. Mesmo porque não tinha o que oferecer-lhe: a presidência do Banco da Mamona, talvez? Mas essa é minha.

— Pelo que vejo, é um leilão sem dinheiro... dos candidatos.

— E o senhor queria que fosse leilão em dinheiro, tirado do bolso dos candidatos? Ah, isto seria demais, como acinte aos princípios democráticos. O leilão em torno de cargos públicos já é uma indecência. O que não seria com a arrematação em cruzeiros, nua e crua, feito leilão da Alfândega? Com o meu patrimônio, não; jamais contribuirei para esse escândalo. Não é pouco eu ser vítima do atual prefeito do Icó, que oferece empregos atuais, enquanto eu, candidato, só posso oferecer empregos futuros? Pois aí é que está a imoralidade: ele pode dar o que tem, eu só posso dar o que vou ter, se tiver. Há um desequilíbrio de condições, e isso é contra a verdadeira democracia.

— Desculpe, mas se o senhor fosse o atual prefeito, achava direito comprar os cabos eleitorais dessa maneira?

— Meu caro amigo, eu não costumo argumentar com hipóteses!

HOJE NÃO ESCREVO

Chega um dia de falta de assunto. Ou, mais propriamente, de falta de apetite para os milhares de assuntos.

Escrever é triste. Impede a conjugação de tantos outros verbos. Os dedos sobre o teclado, as letras se reunindo com maior ou menor velocidade, mas com igual indiferença pelo que vão dizendo, enquanto lá fora a vida estoura não só em bombas como também em dádivas de toda natureza, inclusive a simples claridade da hora, vedada a você, que está de olho na maquininha. O mundo deixa de ser realidade quente para se reduzir a marginália, purê de palavras, reflexos no espelho (infiel) do dicionário.

O que você perde em viver, escrevinhando sobre a vida. Não apenas o sol, mas tudo que ele ilumina. Tudo que se faz sem você, porque com você não é possível contar. Você esperando que os outros vivam, para depois comentá-los com a maior cara de pau ("com isenção de largo espectro", como diria a bula, se seus escritos fossem produtos medicinais). Selecionando os retalhos de vida dos outros, para objeto de sua divagação descompromissada. Sereno. Superior. Divino. Sim, como se fosse deus, rei proprietário do universo, que escolhe para o seu jantar de notícias um terremoto, uma revolução, um adultério grego – às vezes nem isso, porque no painel imenso você escolhe só um besouro em campanha para verrumar a madeira. Sim, senhor, que importância a sua: sentado aí, camisa aberta, sandálias, ar condicionado, cafezinho, dando sua opinião sobre a angústia, a revolta, o ridículo, a maluquice dos homens. Esquecido de que é um deles.

Ah, você participa com palavras? Sua escrita – por hipótese – transforma a cara das coisas, há capítulos da História devidos à sua maneira de ajuntar substantivos, adjetivos, verbos? Mas foram os outros, crédulos, sugestionáveis, que *fizeram* o acontecimento. Isso de escrever O *Capital* é uma coisa, derrubar as estruturas, na raça, é outra. E nem sequer você escreveu O *Capital*. Não é todos os dias que se mete uma ideia na cabeça do próximo, por via gramatical. E a regra situa no mesmo saco escrever e abster-se. Vazio, antes e depois da operação.

Claro, você aprovou as valentes ações dos outros, sem se dar ao incômodo de praticá-las. Desaprovou as ações nefandas, e dispensou-se de corrigir-lhes os efeitos. Assim é fácil manter a consciência limpa. Eu queria ver sua consciência faiscando de limpeza é na ação, que costuma sujar os dedos e mais alguma coisa. Ao passo que, em sua protegida pessoa, eles apenas se tisnam quando é hora de mudar a fita no carretel.

E então vem o tédio. De Senhor dos Assuntos, passar a espectador enfastiado do espetáculo. Tantos fatos simultâneos e entrechocantes, o absurdo promovido a regra de jogo, excesso de vibração, dificuldade em abranger a cena com o simples par de olhos e uma fatigada atenção. Tudo se repete na linha do imprevisto, pois ao imprevisto sucede outro, num mecanismo de monotonia... explosiva. Na hora ingrata de escrever, como optar entre as variedades de insólito? E que dizer, que não seja invalidado pelo acontecimento de logo mais, ou de agora mesmo? Que sentir ou ruminar, se não nos concedem tempo para isto entre dois acontecimentos que desabam como meteoritos sobre a mesa? Nem sequer você pode lamentar-se pela incomodidade profissional. Não é redator de boletim político, não é comentarista internacional, colunista especializado, não precisa esgotar os temas, ver mais longe do que o comum, manter-se afiado como a boa peixeira pernambucana. Você é o marginal ameno, sem responsabilidade na instrução ou orientação do público, não há razão para aborrecer-se com os fatos e a leve obrigação de confeitá-los ou temperá-los à sua maneira. Que é isso, rapaz. Entretanto, aí está você, casmurro e indisposto para a tarefa de encher o papel de sinaizinhos pretos. Concluiu que não há assunto, quer dizer: que não há para você, porque ao assunto deve corresponder certo número de sinaizinhos, e você não sabe ir além disso, não corta de verdade a barriga da vida, não revolve os intestinos da vida, fica em sua cadeira, assuntando, assuntando...

Então hoje não tem crônica.

COM CAMISA, SEM CAMISA

Cardin consulta o Velho Testamento
(um grão de cultura ajuda o talento):
O primeiro homem não tinha camisa,
expunha o tórax ao beijo da brisa.
O sol lhe imprimia uns toques bronzeados,
Eva, no peito, fazia-lhe agrados…
Tão bacaninha! Pierre decretou:
"Camisa, *mes chers*, agora acabou."
Os camiseiros já fundem a cuca,
fecham-se teares, em plena sinuca.
"Olha só que pão!" exclama no *cock*
a moça vidrada, e tenta um bitoque
em cada tronco miguelangelesco
em que o pelo põe grácil arabesco.
Um convidado (?) chega de repente,
manda parar a prática inocente:
"Um lençol! uma toalha! um guardanapo
para cobrir o nu, depressa, um trapo,
um jornal de domingo, bem folhudo,
que esconda o peito, a perna, o pé e tudo!
Tem estátua pelada no salão?
Mesmo em foto, é demais a apelação!
Nu, nem no banheiro. Tá compreendido?
Melhor é ensaboar-se alguém vestido."
Viste, Pierre Cardin, o que fizeste
com tua inovação, cabra da peste?
Ante o rigor de repressão tamanha,
era uma vez tua última façanha.

NHEMONGUETÁ

Começo dizendo aos leitores: Coacatu! e espero que me respondam: Coacatu para você também. Então desejo a todos muito itajuba, mas que não seja itajuba rana. Como ninguém aí é moçaray guéra, estou certo que hão de gostar e fazer por alcançá-lo. Cautela, entretanto: não quero ver ninguém transformado em mondaçára, o que, além de ser feio, é perigoso; e muito menos mondabóra, que é o fim.

No mais, nada de jemocanéon: nossa ecobé corre tão ligeira que não vale a pena um cristão ou muçulmano parar para jemombeú ayba. No mínimo, faz papel de abangaba. O amigo está yguira rupi? Paciência. Faça de cigié mirim (há quem prefira tepoty quéra) coração e, garanto-lhe, amô ara pupê será oryba.

Ia-me esquecendo de recomendar: cultive a morepotára, com elegante moderação. Claro, para não teón depressa. Todos somos omanóbaes, triste é reconhecê-lo, porém uns são mais omanóbaes do que outros; procure ser um dos outros.

Não quer experimentar o mendara? Então continue mendareyma, como o João Néder. Com isto, evitará a aixó e as velhíssimas piadas sobre a aixó. O que não o impedirá (pelo contrário) de estar sempre na grata companhia de cunhãs, que são a juquyra da terra. Em suma, não faça guariniama, faça assuba.

E prove o seu manay, o seu typioquy, o seu mangaby. Meu colega José Carlos Oliveira prefere este último bem juba e importado diretamente de maíra, ou seja, de Glasgow ou Islay, e a razão está com ele, que sabe as coisas. Não é necessário ficar sempre çabaiapor, como Baudelaire; mas se acontecer, não é nenhum tecó angaipába

160

oçu. Um dia, seus queridos teminimós raya farão o mesmo. Acontece nas melhores famílias.

Deixe crescer a tinoába; é moda. E as amotábas também. Use o máximo de mboyras de uanixi; é o que há de mais poranga. Nos papos em sociedade, seja um pouco arnãiba; é catu. Palavra de mu, pode crer.

Interrompi estas falas para caçar uma jatium enfezada, que me deu trabalho para matar. Desculpe. Em matéria de mimbabas, não admito esses tipos; sou mil por cento jaguara, de qualquer anama ou aangaba: mbaé bacana está ali. Cavaru? Idem, mas não dá pé em apartamento, que lástima!

Podia continuar toda vida neste nhemonguetá, mas desconfio que o leitor já está me achando lelé da cuca. Não estou não. Apenas, o Carlos Ribeiro mandou-me os voluminhos de vocabulário tupi, de Gonçalves Dias e do Padre A. Lemos Barbosa, por ele editados, e vou treinando a língua, que, sendo geral do Brasil, devemos usá-la em nossos papos, por motivos óbvios. Creio que nos entenderemos melhor, falando o idioma de nossos avós mais autênticos, em lugar das estrangeirices que infestam a linguagem de hoje, chegando até a música popular brasileira. Acompanhem-me, por favor, nesta cruzada. O tupi traz novidades boas. O candidato às próximas eleições, por exemplo, não precisa de palavrões surrados para xingar o adversário. Basta chamá-lo abá teco cuguabeyma. Para variar, mbaê meoám. Só. Até o próximo exercício. Ecobecatu a todos, e o Padre Barbosa e a alma de Gonçalves Dias que me perdoem os erros.

*

Minha tentativa de restabelecer a língua tupi como instrumento de comunicação entre os naturais deste país recebeu muitas adesões. Na rua, vi pessoas se cumprimentarem com coacatu, isto é, desejando-se mutuamente "dia claro", "bom-dia". Leitores me telefonaram, usando não só vocábulos que empreguei na crônica, mas ainda outros do mesmo idioma brasílico: prova confortadora de que o tupi é muito mais conhecido entre nós do que se imagina, e amanhã poderá talvez competir com o amálgama de americano e português, língua falada atualmente em Ipanema. Outros leitores confessaram não entender nada da "língua geral" e pediram-me que traduzisse o meu escrito. Faço-lhes a vontade, mesmo porque um deles me advertiu quanto à possibilidade de alguém achar que eu estaria divulgando senhas de caráter subversivo, e o melhor é dissipar qualquer suspeita. O texto vernáculo (?) é este:

Começo dizendo aos leitores: Bom dia! e espero que me respondam: Bom dia para você também. Então desejo a todos muito dinheiro, mas que não seja dinheiro falso. Como ninguém aí é bobo, estou certo de que hão de gostar e fazer por alcançá-lo. Cautela, entretanto: não quero ver ninguém transformado em rapinante, o que, além de ser feio, é perigoso; e muito menos em ladrão vil, que é o fim.

No mais, nada de se afligir: nossa vida corre tão ligeira que não vale a pena um cristão ou muçulmano parar para bater nos peitos. No mínimo, faz papel de covarde. O amigo está por baixo? Paciência. Faça das tripas (há quem prefira: das entranhas) coração, e, garanto-lhe, lá um dia será feliz.

Ia-me esquecendo de recomendar: cultive a sensualidade, com elegante moderação. Claro, para não morrer depressa. Todos somos mortais, triste é reconhecê-lo, porém uns são mais mortais do que outros; procure ser um dos outros.

Não quer experimentar o casamento? Então continue solteiro, como o João Néder. Com isto, evitará a sogra e as velhíssimas piadas sobre a sogra. O que não o impedirá (pelo contrário) de estar sempre na grata companhia de garotas, que são o sal da terra. Em suma, não faça guerra, faça amor.

E prove o seu licor de ananás, o seu licor de mandioca, o seu licor de milho. Meu colega José Carlos Oliveira prefere este último bem louro e importado diretamente do estrangeiro, ou seja, de Glasgow ou Islay; e a razão está com ele, que sabe as coisas. Não é necessário ficar sempre bêbado, como Baudelaire; mas, se acontecer, não é nenhum pecado mortal. Um dia, seus queridos bisnetos farão o mesmo. Acontece nas melhores famílias.

Deixe crescer a barba; é moda. E os bigodes também. Use o máximo de colares de uanixi (árvore de Rio Branco); é o que há de mais lindo. Nos papos em sociedade, seja um pouco obsceno: é legal. Palavra de irmão.

Interrompi estas falas para caçar uma mosca enfezada, que me deu trabalho para matar. Desculpe. Em matéria de animais domésticos, não admito esses tipos: sou mil por cento cachorro, de qualquer raça ou figura. Bicho bacana está ali. Cavalo? Idem, mas não dá pé em apartamento, que lástima!

Podia continuar toda vida neste papo, mas desconfio que o leitor já está me achando lelé da cuca. Não estou não. (...) O tupi traz novidades boas. O candidato às próximas eleições, por exemplo, não precisa de palavrões surrados para xingar o adversário. Basta chamá-lo boboca. Para variar, coisinha ruim. Só. Até o próximo exercício. Vida boa a todos, e as almas de Gonçalves Dias e do Padre Barbosa (em quem só agora identifiquei nosso querido vigário do Posto 6, falecido há pouco) me perdoem os erros.

O SEBO

O amigo informa que a cidade tem mais um sebo. Exulto com a boa-nova e corro ao endereço indicado. Ressalvada a resistência heroica de um Carlos Ribeiro, de um Roberto Cunha e poucos mais, os sebos cariocas foram-se acabando, cedendo lugar a lojas sofisticadas, onde o livro é exposto como artigo da moda, e há volumes mais chamativos do que as mais doidas gravatas, antes objeto de decoração de interior, do que de leitura.

Para onde foram os livros usados, os que tinham na capa esse visgo publicitário, as brochuras encardidas, as encadernações de pobre, os folhetos, as revistas do tempo de Rodrigues Alves? Tudo isso também *é gente,* na cidade das letras, e, como gente, ninho de surpresas: no mar de obras condenadas ao esquecimento, pesca-se às vezes o livrinho raro, não digo raro de todo, pois o faro do mercador arguto o escondeu atrás do balcão e destina-o a Plínio Doyle, ao Mindlin paulista ou à Library of Congress, que não dorme no ponto... mas, pelo menos, o relativamente raro, sobretudo aquele volumeco imprevisto, que não andávamos catando, e que nos pede para tirá-lo dali, pois está ligado a circunstâncias de nossa vida: operação de resgate, a que procedemos com alguma ternura. Vem para a minha estante, Marcelo Gama, amigo velho, ou antes, volta para ela, de onde não devias ter saído; sumiste porque naqueles tempos me faltou dinheiro para levar a namorada ao cinema, e tive de sacrificar-te, ou foi um pilantra que te pediu emprestado e não te devolveu? Perdão, Marcelo, mas por 5 cruzeiros terei de novo tua companhia.

Matutando no desaparecimento de tantos sebos ilustres, inclusive o do Brasielas, chego a este novo. É agradavelmente desarrumado, como convém ao gênero de comércio, para deixar o freguês à vontade. Os fregueses, mesmo não se dando a conhecer uns aos outros, são todos conhecidos como frequentadores crônicos de sebo. Caras peculiares. Em geral usam roupas escuras, de certo uso (como os livros), falam baixo, andam devagar. Uns têm a ponta dos dedos ressecada e gretada pela alergia à poeira, mas que remédio, se a poeira é o preço de uma alegria bibliográfica?

Formam uma confraria silenciosa, que procura sempre e infatigavelmente uma pérola ou um diamante setecentista, elzeviriano, sabendo que não o encontrará nunca entre aqueles restos de literatura, mas qualquer encontro a satisfaz. Procurar, mesmo não achando, é ótimo. Não há a primeira edição dos *Lusíadas,* mas há a do *Eu,* e cumpre negociá-la com discrição, para que o vizinho não desconfie do achado e nos suplante com o seu poder econômico. À falta da primeira, encontra-se a segunda, ou outro livro qualquer, cujo preço já é uma sugestão: "Me leva." Lá em casa não cabe mais nem um aviso de conta de luz, tanto mais que as listas telefônicas estão ocupando o lugar dos dicionários, mas o frequentador de sebo leva assim mesmo o volume, que não irá folhear. A mulher espera-o zangada: "Trouxe mais uma porcaria pra casa!" Porcaria? Tem um verso que nos comoveu, quando a gente se comovia fácil, tem uma vinheta, um traço particular, um agrado só para nós, e basta.

A inenarrável promiscuidade dos sebos! Dante em contubérnio com o relatório do Ministro da Fazenda, os eleatas junto do almanaque de palavras cruzadas, Tolstoi e Cornélio Pires, Mandrake e Sóror Juana Inés de la Cruz... Nenhum deles reclama. A paz é absoluta. O sebo é a verdadeira democracia, para não dizer: uma igreja de todos os santos, inclusive os demônios, confraternizados e humildes. Saio dele com um pacote de novidades velhas, e a sensação de que visitei, não um cemitério de papel, mas o território livre do espírito, contra o qual não prevalecerá nenhuma forma de opressão.

PELÉ: 1.000

O difícil, o extraordinário, não é fazer mil gols, como Pelé. É fazer um gol como Pelé. Aquele gol que gostaríamos tanto de fazer, que nos sentimos maduros para fazer, mas que, diabolicamente, não se deixa fazer. O gol.

Que adianta escrever mil livros, como simples resultado de aplicação mecânica, mãos batendo máquina de manhã à noite, traseiro posto na almofada, palavras dóceis e resignadas ao uso incolor? O livro único, este não há condições, regras, receitas, códigos, cólicas que o façam existir, e só ele conta – negativamente – em nossa bibliografia. Romancistas que não capturam o romance, poetas de que o poema está-se rindo a distância, pensadores que palmilham o batido pensamento alheio, em vão circulamos na pista durante 50 anos. O muito papel que sujamos continua alvo, alheio às letras que nele se imprimem, pois aquela não era a combinação de letras que ele exigia de nós. E quantos metros cúbicos de suor, para chegar a esse não resultado!

Então o gol independe de nossa vontade, formação e mestria? Receio que sim. Produto divino, talvez? Mas, se não valem exortações, apelos cabalísticos, bossas mágicas para que ele se manifeste... Se é de Deus, Deus se diverte negando-o aos que o imploram, e, distribuindo-o a seu capricho, Deus sabe a quem, às vezes um mau elemento. A obra de arte, em forma de gol ou de texto, casa, pintura, som, dança e outras mais, parece antes coisa-em-ser na natureza, revelada arbitrariamente, quase que à revelia do instrumento humano usado para a revelação. Se a obrigação é aprender, por que todos que aprendem não a realizam? Por que só este ou aquele chega a realizá-la?

Por que não há 11 Pelés em cada time? Ou 10, para dar uma chance ao time adversário?

O Rei chega ao milésimo gol (sem pressa, até se permitindo o *charme* de retificar para menos a contagem) por uma fatalidade à margem do seu saber técnico e artístico. Na realidade, está lavrando sempre o mesmo tento perfeito, pois outros tentos menos apurados não são de sua competência. Sabe apenas fazer o máximo, e quando deixa de destacar-se no campo é porque até ele tem instante de não Pelé, como os não Pelés que somos todos.

O mundo é feito de consumidores, servido por alguns criadores. O desequilíbrio é dramático, e só não determina a frustração universal porque não nos damos conta de nossa impotência criadora, e até nos iludimos, atribuindo-nos uma potência imaginária. Ainda por absurdo desajuste, a criação, em muitas áreas, nem sequer é absorvida pelos consumidores em carência. Muitos seres não sabem consumir, vegetando em estado de privação inconsciente. Para o consumo, sim, é necessário aprendizado. Mas os milhões de analfabetos, subnutridos e marginalizados, dos mundos ocidental e oriental, não desconfiam sequer de que há alimentos fascinantes para fomes não pressentidas.

Afortunadamente, no caso de Pelé, a comida de arte que ele oferece atinge o paladar de todos. O futebol é desses raros exemplos de arte corporal e mental que promovem a felicidade unânime, embora dividindo a massa de consumidores em grupos antagônicos. Antagonismo formal, pois a fusão íntima se opera em torno da beleza do gesto, venha de que corpo vier.

Os mil gols de Pelé são um só, multiplicado e sempre novo, único em sua exemplaridade. Não sei se devemos exaltar Pelé por haver conseguido tanto, ou se nosso louvor deve antes ser dirigido ao gol em si, que se deixou fazer por Pelé, recusando-se a tantos outros. Ou ao gênio do gol, que se encarnou em Pelé, por uma dessas misteriosas escolhas que a genética ainda não soube explicar, pois a ciência, felizmente, ainda não explicou tudo neste mundo.

BOATO DA PRIMAVERA

Chegou a primavera? Que me contas!
Não reparei. Pois afinal de contas
nem uma flor a mais no meu jardim,
que aliás não existe, mas enfim
essa ideia de flor é tão teimosa
que no asfalto costuma abrir a rosa
e põe na cuca menos jardinília
um jasmineiro verso de Cecília.
Como sabes, então, que ela está aí?
Foi notícia que trouxe um colibri
ou saiu em manchete no jornal?
Que boato mais bacana, mais genial,
esse da primavera! Então eu topo,
e no verso e na prosa eis que galopo,
saio gritando a todos: Venham ver
a alma de tudo, verde, florescer!
Mesmo o que não tem alma? Pois é claro.
Na hora de mentir, meu São Genaro,
é preferível a mentira boa,
que o santo, lá no céu, rindo, perdoa,
e cria uma verdade provisória,
macia, mansa, meiga, meritória.
Olha tudo mudado: o passarinho
na careca do velho faz seu ninho.
O velho vira moço, e na paquera
ele próprio é sinal de primavera.

Como beijam os brotos mais gostoso
ao pé do monumento de Barroso!
E todos se namoram. Tudo é amor
no Méier e na Rua do Ouvidor,
no Country, no boteco, Lapa e Urca,
à moda veneziana e à moda turca.
Os hippies, os quadrados, os reaças,
os festivos de esquerda, os boas-praças,
o mau-caráter (bom, neste setembro),
e tanta gente mais que nem me lembro,
saem de primavera, e a vida é prímula
a tecnicolizar de cada rímula.
(Achaste a rima rica? Bem mais rico
é quem possui de doido-em-flor um tico.)
Já se entendem contrários, já se anula
o que antes era ódio na medula.
O gato beija o rato; o elefante
dança fora do circo, e é mais galante
entre homens e bichos e mulheres
que indagam positivos malmequeres.
É prima, é primavera. Pelo espaço,
o tempo nos vai dando aquele abraço.
E aqui termino, que termina o fato
surgido, azul, da terra do boato.

ADEUS, ELIXIR DE NOGUEIRA

Elixir de Nogueira, quem da geração sessenta não guardou esse nome de Elixir de Nogueira? Era um anúncio pavoroso, repetido *ad nauseam* nas revistas, e era um prédio na Rua da Glória, de estranhas formas. Este complementando aquele. O anúncio agredia: tinha o retrato de um homem sem nariz, quase diria sem rosto, de tal modo o buraco aberto na figura humana dava impressão de que iria tragá-la toda. Por baixo da foto terrível, o atestado: aquele homem ficara bom, embora não lhe nascesse de novo o nariz, graças ao inigualável "depurativo do sangue" Elixir de Nogueira, fórmula de um farmacêutico do Rio Grande do Sul, recomendada a todos os sifilíticos do Brasil – e como havia sífilis naquele tempo.

O horror da imagem compensava-se até certo ponto pela arquitetura plantada a cavaleiro do mar, no centro do Rio: uma casa feita para filial e depósito da firma de Pelotas, que produzia o elixir mágico. Ali, o estilo *art nouveau,* florescente na Europa por volta de 1900, e decalcado com espírito brasileiro de imitação que às vezes consegue *nacionalizar* a cópia introduzindo-lhe uma pitada de tropicália, criou um composto delirante de volumes, com esculturas se alastrando pela fachada, em meio ao torcicolo geral e colorido de elementos decorativos. Não se identificaria na obra a marca genial de um Gaudí, por exemplo, que deixou na Espanha construções nascidas do sonho (ou do pesadelo) de um arquiteto capaz de inverter e subverter as leis da matéria, como já se disse. Mas quem passasse em frente parava e espantava-se. Não tinha por onde fugir: a coisa impunha-se ao espectador bestificado. Era a mais curiosa, a mais imprevista, a mais sensacional construção já levantada na Guanabara, onde costumam brotar do chão coisas que vou-te-contar.

Quando vim para o Rio, trazia na memória o anúncio, e corri à Rua da Glória para ver o prédio. Meu amigo Pedro Nava mora no edifício n.º 190. No 214 está (estava) o *Elixir de Nogueira*. Entre muitos motivos de inveja que Nava me inspira (mestria clínica, poesia, pintura, graça e bondade) havia este, circunstancial: o de ser vizinho do *Elixir de Nogueira*, e, ao sair de casa, poder lançar os olhos naquele monumento da arte contra a sífilis, também documento sociológico de uma fase da vida brasileira. Agora, já não invejo o Nava por este privilégio: o *Elixir* está sendo demolido. Reduzem-se a cacos os colossos estatuários; a flora de estuque esfarinha-se; a espetaculosa concepção de Virzi transforma-se em simples lembrança na mente de alguns. Amanhã não restará mais nada, neste Rio convulso de especulação imobiliária, que esmaga o viver antigo com seu perfil histórico e sua herança de coisas representativas.

Leio que o *Elixir* estava inscrito no Livro do Tombo do Patrimônio Histórico e Artístico Estadual, e que decreto recente cancelou a inscrição, a fim de, no lugar, construir-se um edifício de renda, onde se reservará espaço para uma biblioteca pública. Eu adoro bibliotecas e, se pudesse, viveria nelas, mas por que não situá-las em terrenos vagos? Receio que, no futuro, sejam montadas nos locais onde estão hoje o Chafariz do Lagarto e o antigo Paço da Cidade (hoje sede do Telégrafo), ambos inscritos em Livros do Tombo federais, como o *Elixir* o era em livro estadual. De que valem inscrições burocráticas, arqueológicas ou outras, se tudo pode ser cancelado com uma penada?

Adeus, edifício do Elixir de Nogueira. Não és o primeiro marco do passado urbano a quem dedico uma elegia. Já me chamaram, mesmo, de carpideira de casas e coisas velhas. O título me desvanece. Em meio à mocidade geral, que pensa estar inaugurando o mundo quando apenas o repete numa edição nem sempre isenta de erros tipográficos e mentais, é preciso que haja alguém para alongar os olhos até as formas caducas e evocá-las, para que não se dissolvam de todo como se jamais houvessem existido. Se a biblioteca for mesmo instalada no futuro edifício que brotará de tuas ruínas, que ao menos se encontre em sua seção de periódicos uma página velha de jornal em que teu nome ficou gravado como o de uma das coisas expressivas do Rio do começo do século, injustamente destroçadas. O progresso é às vezes uma espécie de sífilis, que corrói e mata. E contra esta o remédio de Pelotas, da Viúva Silveira & Filho, não pôde.

O CONSELHEIRO

— Já comprou seus presentes de Natal? Ainda não? Está esperando o quê? Vitrinas e prateleiras ficarem vazias? Acha, talvez, que depois do dia 25 será mais fácil escolher... Mas escolher o que, criatura? Não lhe perguntei se já escolheu os presentes. Perguntei se já comprou. É diferente. Você não tem que escolher coisa nenhuma. Os outros escolhem por você. Não é incomparavelmente mais simples? Abra o jornal, a revista, ligue a televisão, e obedeça enquanto é tempo. Porque, daqui a duas semanas, nem obedecer mais você pode. Aproveite enquanto é hora de obedecer, não se torne um elemento desajustado. Cumpra sua obrigação natalina bem antes do Natal, não só para evitar chateações na área privada, como e principalmente para que a programação urbana se execute com perfeição. É assim como pagar imposto; nunca deixe para os últimos dias; pague e não pense mais nisso, isto é, em Natal.

Ah, você ainda não recebeu aquele dinheirinho... E daí? Comprar de bolso cheio não é vantagem, além de acusar a permanência de hábitos historicamente ultrapassados. Tem graça, esperar pelo dinheiro. E se ele não aparecer, como acontece muitas vezes? Você ficará com cara de tacho: sem ele e sem as compras. Vamos, ataque logo. O crediário está aí, dando sopa. Se o seu crediário do ano passado ainda não acabou de ser pago, porque emendou com o do ano atrasado, isso prova que uma saudável corrente de crédito, extensível até o infinito, está cercando sua vida de mercadorias e de confiança. No ano que vem, se Deus e as autoridades monetárias ajudarem, você ligará mais um elo à sua corrente. No fundo, são quatro os poderes constituídos: executivo, legislativo, judiciário e crediário. Sendo que o quarto vale pelos três primeiros.

Não me venha com essa história de que seu pai e seu avô, nos respectivos leitos de morte, lhe recomendaram: "Querido, fique nu, mas não deva a ninguém." Que você fique nu, está certo, é a moda, se bem que exija sempre algum acessório decorativo, como um colar, um lenço no pescoço. Mas não dever a ninguém, chega a ser subversivo: atenta contra as bases da sociedade contemporânea, e você não quer responder a nenhum IPM, quer? Trate de endividar-se, meu caro: pelo crediário, pela Caixa Econômica, pelos agiotas, recorrendo a amigos, a velhas tias aposentadas que têm economias guardadas numa caixa de sapatos, entre sachês de alecrim e agulhas de tricô; e compre.

Agora você pergunta: Mas como obedecer a tantas ordens simultâneas e contraditórias, que irrompem de todos os lados, para a compra de presentes? É muita ingenuidade de sua parte. Se as ordens fossem harmônicas, dentro de uma escala de níveis econômicos e prioridades, o sistema desabaria pelo tédio, ninguém comprava nada para ninguém. O importante é acenar a todos com os bens acessíveis a alguns, despertando nos de menor poder aquisitivo a veleidade de suplantar os lá de cima, os quais, aliás, nem sempre fazem questão de deslumbrar pela generosidade. A melhor regra é obedecer ao meio sem reparar na mensagem. Compre, compre. O quê? Não interessa. O ato é que importa. Já.

O resultado é magnífico: todos ganham alguma coisa de que não precisavam ou que abominam, e a graça da festa está justamente nisto. Se um dromedário de verdade parar em frente do seu edifício, receba-o de volta: foi aquele que você deu a seu amigo, e que este passou adiante, chegando em quinta mão ao primeiro doador. Porque você também ganhará coisas dromedárias, nesse jogo de Natal. É divertido. Ande depressa, não fique com essa cara irresoluta de quem pretende escolher uma joia entre mil, dentro do seu rigoroso orçamento, para pagar à vista. Seja razoável, amigo: assim, não há Natal que aguente!

MOÇA E HIPOPÓTAMO

A aldeia, o rio deslizando perto, o hipopótamo no rio. Com esses materiais, te contarei um conto. O nome da aldeia não importa. O do rio, também não. O hipopótamo chama-se Malingue.

Que boa figura é Malingue, o sábio. Banha-se com delicadeza, de modo a não afundar as canoas. Não empreende expedições de saque às lavouras. Os hipopótamos nem sempre se distinguem pela gentileza. Este é, porém, um filósofo tranquilo. Há mesmo quem veja nele um deus disfarçado, que teria baixado à Terra para proteger a aldeia, moradores, animais e colheitas.

Estava ele posto em sossego, tomando sol à margem do rio, quando chegou, para apanhar água, a mulher grávida. Malingue emocionou-se e disse-lhe:

— Querida senhora, és admirável: boa esposa, trabalhadora, honesta. Vais ter uma filha, eu sei. Quero que ela seja minha amiga, pois da amizade que tivermos dependerão a sorte da aldeia e minha atitude perante os homens.

— Topo – disse a boa mulher – sob condição de que não haja casamento. Vocês se comportarão como dois manos. Tá?

— Não pretendo outra coisa.

Semanas depois, nasce a menina, e vai crescendo mais veloz do que pé de milho, bela como arrozal ao luar. A mãe leva-a para a margem do rio, apresenta-a a Malingue, e os três quebram juntos as nozes da amizade perfeita.

O broto gosta imediatamente da cara e estilo do hipopótamo e começa um entendimento lindo entre os dois. São crianças travessas a se banharem de mãos dadas. E riem, brincam. Ela faz-lhe cócegas nas ventas. Ele passeia com ela no palanquim da boca, entre dentes de 70 centímetros. Sem erotismo. O arraial fica mais feliz, os campos de arroz e as plantações de bananeira prosperam mais, sob o influxo dessa amizade.

Não obstante, o puro contrato inspira dúvidas maliciosas. Não é vulgar, moça ser amiga de hipopótamo. Não está direito, murmuram os murmuradores. E começam a ser esquecidos os bons serviços de Malingue à comunidade, para se enxergar nele um sátiro. Tanto não havia nada de mau entre os dois que a moça, no intervalo, ficara noiva de um caçador. Isso não prova nada, retrucavam os fofoqueiros: pior para o caçador. Este, de muito escutar o que se boquejava, acabou enchendo. Pegou do fuzil e foi à casa da feiticeira, na mata (aqui, preciso de uma feiticeira diplomada, para movimentar o conto):

— Quero que a senhora me fabrique uma bala mágica, de matar hipopótamo. Chumbo comum não resolve.

Provido do elemento fulminante, o noivo aproxima-se de Malingue e, sem aviso prévio, desfecha-lhe um tiro no coração. O santo animal solta um grito hipopotâmico, que faz morrerem de susto os peixes e os pássaros, e reboa pelas cavernas. O sangue jorra da enorme abertura e tinge as águas de um vermelho incomparável. Do céu baixa uma chuva sem precedentes, que, ao tocar o solo, se converte em mar de sangue. A moça, alucinada, acode para assistir à morte magnífica do hipopótamo. E lamenta-se:

— Por que nasci mulher? Se tivesse nascido outra coisa, Malingue estaria vivo, seríamos amigos para sempre...

Não pôde falar mais do que isso. As águas embrulharam a terra numa capa de extermínio, e a jovem, a mãe da jovem, o noivo facinoroso, a população inteira, os animais, foram aniquilados. De vivo, só restou a perdiz, que sabia do pacto de amizade entre Malingue e a moça, e não o ratificara. Voou para o país de deus-me-livre e, durante o voo, cantava que nem os deuses devem confiar nos homens. Até hoje a perdiz prefere morrer de fome a domesticar-se.

Mas o conto não é meu – devo confessar-te – é da Guiné, e saiu no boletim *Informations,* da UNESCO. A moralidade de origem é a que foi cantada pela perdiz. Haverá outra: moça prevenida não faz amizade com hipopótamo – mesmo que seja um deus disfarçado. Principalmente se.

VERSOS NEGROS (MAS NEM TANTO)

Ao levantar, muito cuidado, amigo.
Não ponha os pés no chão. Corre perigo
se há *nylon* no tapete: ele dá câncer.

Pise somente no ar, mas com cautela.
Uma pesquisa sábia nos revela
esta triste verdade: o ar dá câncer.

À hora do café, não seja pato,
pois tanto açúcar como ciclamato
e xícara e colher, *sorry*: dão câncer.

O banho de chuveiro? Não tomá-lo.
O de imersão, também. Sinto informá-lo
do despacho londrino: água dá câncer.

Não se vista, meu caro ou minha cara.
Um cientista famoso eis que declara:
na roupa, qualquer roupa, dorme o câncer.

A nudez, por igual, não recomendo,
a fim de prevenir um mal tremendo:
sábado se apurou que o nu dá câncer.

Rumo ao batente, agora. Antes, porém,
permita que eu indague: o amigo tem
um carrinho? Que azar. Carro dá câncer.

E coletivo, nem se fala. Em massa
aumenta a perspectiva de desgraça.
No ônibus, no avião, viaja o câncer.

Invente um novo meio de transporte
para ir ao trabalho, e não à morte...
Mas sabe que o trabalho já dá câncer?

Isso mesmo: afirmou-me com certeza
uma nega com o nome de Teresa
que dar duro é uma fábrica de câncer.

Pare de trabalhar enquanto é tempo!
Mas evite o lazer, o passatempo,
que no jardim da folga nasce o câncer.

Dormir? Talvez. Ou antes, nem pensar.
Em sonho, pelo que ouço murmurar,
é quando mais solerte chega o câncer.

O amor, então, é a grande solução?
Amor, fonte de vida... Essa é que não.
Amor, meu Deus, amor é o próprio câncer.

Viva, contudo, sem ficar nervoso,
mas sabendo que é muito perigoso
(lá disse o Rosa) e que viver dá câncer.

Já que você nasceu... Ah, não sabia
deste resumo da sabedoria?
Nascer, mero sinônimo de câncer.

Resta morrer, por precaução? Nem isto.
Veja, no céu, o aviso trismegisto:
no mundo de hoje, até morrer dá câncer.

Viva, portanto, amigo. Viva, viva
de qualquer jeito, na esperança viva
de que o câncer há de morrer de câncer.

Ou morrerá – melhor – pela coragem
de enfrentarmos o horror desta linguagem
que faz do câncer dor maior que o câncer.

Pois se souber do trágico brinquedo
que é ver câncer em tudo desta vida,
o câncer vai morrer – morrer de medo.

O INSEGURO

A eterna canção: Que fiz durante o ano, que deixei de fazer, por que perdi tanto tempo cuidando de aproveitá-lo?

Ah, se eu tivesse sido menos apressado! Se parasse meia hora por dia para não fazer absolutamente nada – quer dizer, para sentir que não estava fazendo coisas de programa, sem cor nem sabor. Aí, a fantasia galopava, e eu me reencontraria como gostava de ser; como seria, se eu me deixasse...

Não culpo os outros. Os outros fazem comigo o que eu consinto que eles façam, dispersando-me. Aquilo que eu lhes peço para fazerem: não me deixarem ser eu-um. Nem foi preciso rogar-lhes de boca. Adivinharam. Claro que eu queria é sair com eles por aí, fugindo de mim como se foge de um chato. Mas não foi essa a dissipação maior. No trabalho é que me perdi completamente de mim, tornando-me meu próprio computador. Sem deixar faixa livre para nenhum ato gratuito. Na programação implacável, só omiti um dado: a vida.

Que sentimento tive da vida, este ano? Que escavação tentei em suas jazidas? A que profundidade cheguei? Substituí a noção de profundidade pela de altura. Não quis saber de minerações. Cravei os olhos no espaço, para acompanhar a primeira fase de ascensão dos foguetes, ver passar os satélites. Olhei muito em redor e para cima, nada para dentro ou para baixo. Adquiri uma ciência de ver, ou perdi outras, que não eram ciências, eram artes de vi-ver?

Bom, é verdade que as circunstâncias não foram lá muito propícias. Houve de tudo, menos sossego. Quem pôde dedicar-se a certos trabalhos de geologia moral, como dizia o velho Assis? Mas as circunstâncias nunca foram favoráveis a nada, nenhum progresso jamais se fez à sombra de copada mangueira. Havia guerra, e daí? Injustiça, e daí? Explosão de ressentimentos, recalques, revoltas, e daí? Era precisamente o instante para você afirmar-se, meu velho: ou revelando a sua palavra ou pesquisando a sua verdade. Mas você se deixou ir empurrado, machucado, embolado, bola caindo fora do gramado, ou, na melhor, resvalando na trave.

Eu sei que você cultivou – mas vamos capar essa alienação da terceira pessoa – que cultivei ótimos sentimentos, isso não há dúvida. Por mim, era tudo compota de alegria, licor de anjos, flores de ternura na face da Terra. Exagerei tanto nesse bem-querer universal que, se fosse obedecido, isto aqui se tornaria insuportável, de tão doce e melenguento. Corrigi mentalmente a aridez do mundo sem me dar ao trabalho de mover o dedo mindinho para corrigi-la de fato. O que me dói mais são meus bons sentimentos; envelhecendo, assemelham-se a calos. Ou pedras. Tão aéreos, como pesam! Devia ser proibido cultivá-los em estufa.

Ora, estou empretecendo demais as faltas do homem qualquer que presumo ser (não tão qualquer, afinal: tenho meus privilégios de pequeno-burguês, e quem disse que abro mão deles?). Devo alegar atenuantes em minha defesa. Não nasci descompromissado com o mundo tal qual é, em seu aspecto rebarbativo. Deram-me genes tais e quais, prefixaram-me condições de raça e meio social, prepararam-me setorialmente para ocupar certa posição na prateleira da vida. Meus ímpetos de inconformismo são traições a esse ser anterior e modelado, em que me invisto. Donde concluo que preciso reformar-me, antes de reformar os outros.

Como? Procurei fazê-lo este ano? Que significa um ano para reforma de tal envergadura? Queria eu chegar a 1970 de estrutura nova, que nem edifício construído no lugar de casa velha? Às vezes me assalta uma espécie de simpatia criminosa pelas minhas velhas paredes, meus podres alicerces: é tão bom a gente ser a mula velha que pasta o capim do hábito, ir trotando em silêncio pela estrada sabida... A burrada moça que se aventure a outras pastagens, entre abismos. Pensando bem, não perdi meu ano, pastei sem risco. Mas este "pensando bem" dura um segundo. Quem pode terminar o ano satisfeito consigo mesmo? Quem não faltou, não se esqueceu de alguma coisa, não perdeu um gesto de ouro, não renunciou a um ato de grandeza? Agora estou generalizando uma omissão pessoal, procuro arrimar-me em possíveis faltas alheias. Olha aí esse malandro diante do espelho, procurando ver outras caras no lugar da sua! Mas é tempo de parar com a eterna canção – e celebrar: os que não morremos estamos – ó milagre – vivos. Depressa, o copo, a dose dupla!

EU, NAPOLEÃO...

João Brandão confessa-me que há duas semanas não faz outra coisa senão napoleonar. Pergunto-lhe que vem a ser isso, ele responde-me:

— Então você não sabe? Você nunca napoleonou na vida? Nem mesmo em casa, diante do gato? Pois, meu caro, todos nós napoleonamos de vez em quando. Agora, então, o napoleonismo é geral.

Como eu compreendesse cada vez menos, João apiedou-se e explicou-me que napoleonar é simplesmente (ou complexamente, conforme o jeito) ser Napoleão Bonaparte, é assumir-lhe a personalidade, ser imperador da França ou da Barra da Tijuca, enfim, é vestir a fantasia de fenômeno humano:

— Não pense você que todas essas páginas de jornal e revista, essas conferências, cursos, discursos, filmes etc., comemorativos do bicentenário do nascimento de Napoleão representem análise histórica. Historicamente, o homem já foi autopsiado e arquivado. Psicologicamente, ele revive em cada ser ferido pela quadratura da vida, inconformado com a mesquinhez do seu *status* pessoal, necessitado de razão dinâmica de viver. Então, devoramos a substância napoleônica, tomamos um pileque de desmesura, viramos Napoleão.

— Sempre ouvi dizer que os Napoleões reencarnados são doidinhos, João.

— E daí? São assim chamados os que se empossam publicamente no papel de Napoleão e pretendem voltar de Santa Helena para obrar grandes feitos. Mas estes são minoria, e o diagnóstico psiquiátrico pode ser uma fábula, como os diagnósticos econômicos, hoje em moda. Nós, a grande maioria, os Joões, somos Napoleões escondidos, tímidos, mais ou menos resignados às condições antinapoleônicas da era tecnológica. Por isso mesmo, quando ocorre uma data, um centenário, um pretexto de desabafar a "segunda identidade", é uma festa! Pelo mecanismo da projeção, triunfamos nas Pirâmides e criamos o Instituto do Egito, que na prática pode reduzir-se a uma academia de trova, ou de datilografia. A gente imita Napoleão como pode.

— E as batalhas?

— Bem, não direi que as guerrilhas sejam uma repetição à altura das guerras do Corso, mas as quarenta ou sessenta batalhas dele são, hoje, quatrocentas. Quando você fala em batalha do petróleo, do desenvolvimento, da eletrificação, da casa própria, está pensando em Iena, Abuquir, Friedland, Marengo. Ou em Austerlitz. Não concebemos projeto que não seja uma batalha para excitar a imaginação. Do contrário não pega. E essas batalhas não são as clássicas, de César, que descendia de Eneias e de Vênus, nem de Alexandre, filho de rei. São as de Napoleão, um camarada nascido em Goiás, que se fez por si mesmo, um brasileirinho vivo, que topava qualquer parada.

— Mas, João...

— Não me interrompa. Há batalhas que são como a de Waterloo; a do trânsito, por exemplo. Essa, não há Napoleão que vença. Em compensação, na área particular, a gente vai acumulando Austerlitzinhos, dá uma de Napoleão quando assina a escritura definitiva do apartamento ou ganha o Festival da Canção. Sabe de uma coisa?

— O quê?

— O Código Civil. Quem é que não gosta de fazer o Código Napoleão, sob formas mil? Uma lei, um decreto, uma Constituição, quem não apetece redigir esses papéis? É verdade que Napoleão não redigiu coisa nenhuma, e dizem até que atrapalhava os juristas, mas ficou sendo o autor do Código. No momento, eu redijo o Estatuto do Buraco, destinado a institucionalizar e disciplinar os buracos de rua, de modo a integrá-los no contexto urbano; é o meu código civil. E, como Napoleão, oscilo entre o despotismo e os direitos do homem: penso em tornar obrigatórios os buracos, e facultativo o direito de quebrar a perna em qualquer deles.

— Dá licença para um aparte?

— Não dou. A vida de Napoleão foi um monólogo heroico, ou senão um diálogo exclusivo com a glória. E você não é a glória. Você é um cronista ignaro, que nem sequer tem instantes napoleônicos. Suma, antes que eu faça com você o que fiz com o Duque de Enghien!

A essa voz, sumi.

A ESTAGIÁRIA PERGUNTA

Perguntaram ao cronista o que acha do vestido transparente, moda marota de inverno. E ele, míope:
— Ah, é vestido? Nem tinha reparado.
— E essa de tirar a roupa no teatro?
— Desde que não amarrote, e haja cabides no palco...

Insatisfeita com as respostas, a repórter (claro que era uma repórter, e claro que era estagiária) exigiu do cronista algumas reflexões sobre o nu. E ele, com preguiça de ideias novas, ou medo de produzi-las, pois o imposto de ideias vem aí, sacou da gaveta uns guardados antigos – e Ziraldo que o desculpe, se entender que estas são frutas do pomar de *Fairplay*.

*

— Noé, o primeiro nudista incompreendido – a começar pela família.

— Na praia, o corpo frequenta aula de ser ele mesmo, e não um boneco.

— Cada parte do corpo tem uma canção para cantar, desde que outro corpo saiba escutá-la.

— Os políticos são os seres mais vestidos do mundo. Mais nus, os poetas.

— A luz, essa roupa mágica: tanto revela como subtrai, corrige, valoriza, transforma, inventa o corpo.

— Sim, a roupa é indispensabilíssima, pontificou o *expert*. Do contrário, como fazer a descoberta do natural?

— Não podendo suprimir o corpo humano, certa arte de vanguarda suprimiu-lhe a representação. Tomou-se defensora dos Costumes Santificados e distribuidora de tédio.

— Chega um momento em que o Tempo adere à Censura, proibindo a nudez, que deixou de ser um espetáculo.

— O costureiro está quase chegando àquele ponto ideal em que roupa e nudez se tornam despercebidas uma da outra. Um passo em falso, e a natureza engole a costura.

— Que inveja do animal! Nasce, cresce, ama, briga, come, dorme e morre igual a si mesmo, sem se fantasiar, sem mentir aos outros animais quanto à realidade corporal. E nunca é ridículo, salvo quando o vestem.

— Se a mulher vestida é enigma, devemos supor que a mulher nua foi decifrada? Ilusão. Sua nudez propõe enigmas mais sutis, que só muita experiência e sagacidade podem elucidar. Vestida, assemelha-se a um milhão de exemplares; nua, torna-se a Desconhecida Misteriosa.

— Não era bonita, não era feia, não era inteligente nem burra nem simpática nem antipática nem nada. Era nua. Por mais que se cobrisse, estava sempre fora da *lingerie*. A roupa tornava-se invisível, por força da expressão corporal em estado congênito de nudez, contra o qual as costureiras não podem nada.

— De saída, o nu suprime qualquer profissão, título, hierarquia, classe, confissão religiosa, poder temporal, mito. Mas, em vez de democrático, é totalitário.

— A nudez gelada, insípida, inodora dos manequins foi criada para sugerir à mulher: "Vai-te vestir, rápido!"

— A própria natureza se incumbe de racionar o exercício do nu, inventando modelos, formas, volumes e aparências que devem abster-se de exposição. Se desobedecida, mais se valorizam pelo confronto as criações que ela destina ao êxtase dos olhos.

— Colinas, ilhas, bosques, enseadas, cabos, desfiladeiros, canais… tudo que a geografia corporal vai mostrando, à imagem da terra, e terra o próprio corpo, a sepultar outro corpo no ato de amar.

OLHADOR DE ANÚNCIO

Eis que se aproxima o inverno, pelo menos nas revistas, cheias de anúncios de cobertores, lãs e malhas. O que é o desenvolvimento! Em outros tempos, se o indivíduo sentia frio, passava na loja e adquiria os seus agasalhos. Hoje são os agasalhos que lhe batem à porta, em belas mensagens coloridas.

E nunca vêm sós. O cobertor traz consigo uma linda mulher, que se apresta para se recolher debaixo de sua "nova textura antialérgica", e a legenda: "Nosso cobertor aquece os corpos de quem já tem o coração quente." A mulher parece convidar-nos: "Venha também." Ficamos perturbados. Faz calor, um calor daqueles. Mas a página aconchegante instala imediatamente o inverno, e sentimo-nos na aflita necessidade de proteger o irmão corpo sob a maciez desse cobertor, e...

Não. A mulher absolutamente não faz parte do cobertor, que é que o senhor estava pensando? Nem adianta telefonar para a loja ou para a agência de publicidade, pedindo o endereço da moça do cobertor antialérgico de textura nova. Modelo fotográfico é categoria profissional respeitável, como outra qualquer. Tome juízo, amigo. E leve só o cobertor.

São decepções de olhador de anúncios. Em cada anúncio uma sugestão erótica. Identificam-se o produto e o ser humano. A tônica do interesse recai sobre este último? É logo desviada para aquele. Operada a transferência, fecha-se o negócio. O erotismo fica sendo agente de vendas. Pobre Eros! Fizeram-te auxiliar de Mercúrio.

Mas sempre é bom tomar conhecimento das mensagens, passada a frustração. E o mundo visto através da arte de vender. "As lojas tal fazem tudo por amor." Já sabemos, pela estória do cobertormulher (uma palavra só) que esse tudo é muito relativo. "Em nossas vitrinas a japona é irresistível." Então, precavidos, não passaremos diante das vitrinas. E essa outra mensagem é, mesmo, de alta prudência: "Aprenda a ver com os dois olhos." Precisamos deles para navegar na maré de surrealismo que cobre outro setor da publicidade: "Na liquidificação nacional, a casa X tritura preços." Os preços virando pó, num país inteiramente líquido: vejam a força da imagem. Rara espécie animal aparece de repente: "Comprar na loja Y é supergalinha morta."

Prosseguimos, invocados, sonhando "o sonho branco das noites de julho": "Ponha uma onça no seu gravador." "A alegria está no açúcar." "Pneu de ombros arredondados é mais pneu." "Tip-Tip tem sabor de céu." "Use nossa palmilha voadora." "Seus pés estão chorando por falta das meias Rouxinol, que rouxinolizam o andar." "Neste relógio, você escolhe a hora." "Ponha você neste perfume." "Toda a sua família cabe neste refrigerador e ainda sobra lugar para o peru de Natal." "Sirva nossa *lingerie* como champanha; é mais leve e mais espumante."

O olhador sente o prazer de novas associações de coisas, animais e pessoas; e esse prazer é poético. Quem disse que a poesia anda desvalorizada? A bossa dos anúncios prova o contrário. E ao vender-nos qualquer mercadoria, eles nos dão de presente "algo mais", que é produto da imaginação e tem serventia, como as coisas concretas, que também de pão abstrato se nutre o homem.

A UM SENHOR DE BARBAS BRANCAS

Inscreves-te no concurso em Brasília e és aprovado
(línguas, noções de turismo, comunicabilidade),
chegas de locomotiva à festa dos portuários,
desces de helicóptero na Colônia Juliano Moreira,
passeias equipado de robô na Rua da Alfândega,
vais de jato a Lisboa cumprimentar o Cardeal Cerejeira,
fundas a Fundação que perpetuará teu nome,
e dizem, Papai Noel, que não existes?

Garotos podem apertar-te a mão na Rua do Ouvidor.
Sessent'anos marcados pela vida
e pelo dente do salário mínimo.
És gordo. Estás suado. Tens cecê.
Também, com este calor de patropi,
queriam que recendesses a lavanda?

És mito, estás por fora do contexto?
O mito,
cada vez mais concreto em toda parte,
motiva os homens, cria o novo real.
A floresta de mitos desenrola
verdinegra folhagem sobre a Terra.
Por eles, vida e morte se defrontam
no combate de imagens.
Outro Natal, nos ossos velhos do Natal,
impõe seu rito, a força de seu mito.

Dás (vendes) geladeiras que teu gelo
vai vestindo de neve e crediário.
Vindes
o relógio, a peruca, o *blended scotch*,
o biquíni, o recheio do biquíni,
vendes rena e trenó (carro hidramático),
a ideia de Natal & outras ideias.
Ladino corretor,
vendes a ideia prístina de amor.

Só não creem em ti os visionários
que agrides com teu estar-perto e pegável.
Sonhavam-te incorpóreo: bruma de alma,
dar sem mãos, no ar aberto em vilancicos:
tudo que o aposentado do Correio
ou da Central ou da Sursan
ao preço de um biscate de dezembro
ou mesmo o concursado poliglota
    não pode ser
    nem parecer
    nem dar.

Se Eliot despreza
*the social, the torpid, the patently commercial
attitude towards Christmas*, que importa?
Não és criador, és o criado
que na bandeja trazes o mistério
trocado em coisas. Uma ternura antiga,
um carinho mais velho do que Cristo
reparte os bens a Cristo recusados.

Se não reparte justo,
se nega, esconde, furta

o anel à namorada que o pedia,
se estende a muitos um pudim de pedra
& sangue, sob a *glace*,
que culpa tens do feixe de pecados,
em prendas nos teus ombros convertido?

Père Noël, Father Christmas, Papai
adocicadamente brasileiro,
velhacamente avô de dez milhões de netos
alheios e informados,
tão afeito à mentira que mentimos
o ano inteiro e em dobro no Natal,
não te cansas, velhinho,
de jogar nosso jogo, de vender-nos
uma xerox da infância com borrões?
Não te enfada
ser mensageiro da mensagem torta
com método apagada
tão logo transmitida?

Sob o veludo amarfanhado
de teu uniforme de serviço,
na rosa rubra de dezembro,
junto ao berço de palha de um menino,
percebo a tristeza do mito
que aos homens se aliou para iludir
nossa fome de Deus na hora divina.

CHOVE DINHEIRO

Um banco do Castelo descobriu a relação entre dinheiro e água – ambos fluidos, ambos em movimento constante – e tirou daí rendimento estético. Estendeu em frente à sede um tapete líquido, verde-que-te-quero-verde, terminando em pequena cascata. Com isso, atraiu os olhos do homem da rua, cansado de tanto asfalto e concreto por aí. Deter-se para pastar a vista no verde lírico é o primeiro impulso; o segundo, é entrar no banco e entregar-lhe o dinheiro que se traz no bolso, em sinal de gratidão. O rendimento estético vira rendimento propriamente dito. A água escorre, o dinheiro não.

O dinheiro fica na burra do banco, também chamada cofre-forte, que nem sempre é tão forte quanto se chama. Os assaltantes costumam abri-lo e esvaziá-lo em três minutos, tempo máximo para operação desse gênero (a princípio eram cinco mas tudo evolui). E a água continua exercendo o seu verde chamariz, a água é sereia. Bem bolado.

Passo por lá, e encontro a margem do espelho d'água cheia de gente imóvel. Alguma coisa aconteceu. Carioca não para na rua para ver insignificância. É sempre um acontecimento notável que o seduz, obrigando-o a ficar horas inteiras debaixo de sol, esquecido de voltar ao trabalho, e da noção mesma de trabalho.

Às vezes, o acontecimento assume a forma de um nordestino tirando leite de um bode-fenômeno e bebendo-o em companhia da mulher e de quinze curumins na calçada. Outras vezes, é mais singelo: mulher de cachimbo tocando música na garrafa de refrigerante, mas o virtuosismo que revela coloca-a entre os grandes solistas

194

da Sala Cecília Meireles. A aglomeração em torno da água bancária devia pois indicar a ocorrência de um fato muito especial.

Abri caminho na multidão e não vi nada de especial, além de dois garotos seminus, que tomavam banho de piscina no tanque raso. Fazia um sol glorioso, e o calor era quase de dezembro em junho: natural que aproveitassem, instituindo ali a piscina do Copa dos pobres. Mas seria bastante para parar centenas de pessoas ocupadas, como se vissem pela primeira vez na vida alguém tomar banho de piscina?

Já ia suspeitar da frivolidade dos guanabarinos, quando percebi que não se tratava de fato rotineiro. Os dois garotos, nadando e mergulhando no raso, não se banhavam por prazer; lutavam pela vida. O fato é que naquela hora, em pleno centro urbano, por um desses milagres cariocas, chovia dinheiro sobre a água. Não seria muito, mas chovia, em forma de moedas. Alguém as atirava dos andares superiores do banco, talvez porque o excesso de fundos de reserva já se tornasse incômodo ao estabelecimento, e era imprescindível jogá-lo fora, aos pouquinhos, assim como quem vai rasgando papel sem importância e atirando-o no meio-fio? Não sei. Ou um transeunte se divertia lançando-o à água, em experiência de psicologia de grupo, a fim de testar o comportamento dos populares diante da chuva de dinheiro, embora modesta? Não pude ver, do ângulo em que me encontrava. O que vi foi a agilidade risonha dos meninos, o rabear de peixe que eles imitavam, o encontro feliz dos níqueis, logo alçados na ponta dos dedos – mais um! mais um! – e atirados a um terceiro garoto que, da margem, recolhia a pesca metálica. Pois era um grupo organizado, aquele. Tirava dinheiro da água com o método dos homens-rãs que exploram o bojo do navio oculto nas profundezas do oceano.

Em louvor dos assistentes, direi que nenhum se lançou ao tanque no propósito de disputar aos garotos aquele dinheiro molhado. Acompanhava-se o trabalho com visível simpatia e aprovação. Não é toda quarta-feira que chove dinheiro no centro da cidade – e em frente a um banco, então! E a festa, perdão, o trabalho continuou, em meio ao interesse geral, meu inclusive, até que a Ordem se fez presente, sob a figura de dois PM, e os garotos se eclipsaram como um vapor, com a féria da tarde.

A UMA SENHORA, EM SEU ANIVERSÁRIO

Sabe? A senhora está completando cem anos... Que bela idade, fora do tempo. Já não é uma etapa da velhice. Os velhos não costumam chegar a essa altura; os que o fazem são uns exagerados, e pagam caro o exagero. Cem anos, eu diria que é marco de extrema infância, a das meninas que estão acabando de nascer. Vou mais longe: que não nasceram ainda, nem sequer foram geradas; flutuam na possibilidade do ser.

É uma conta que não se conta. Poderíamos talvez chamar-lhe: um conto. A seu redor, a imaginação borda imagens, cenas, episódios inteiramente desligados da matéria comum. Para que recorrer à memória? Ela é falha e pobre; seleciona pedaços descontínuos, ecos, omissões, gravetos, areia e pó. A senhora está vivendo um conto, em que tudo se desenvolve na projeção – e na perfeição – atemporal.

Que liberdade de ir e vir e voltar e voltear e variar, acima dos caminhos, dos mapas. E que vitória sobre a doença e o desconcerto do mundo. Sofrer ficou sem sentido. Que era mesmo sofrer? Suas próprias alegrias antigas não são mais alegrias, de tão pálidas que se tornaram, na distância. A alegria é outra, agora.

Não saberia defini-la. Feita de quê, como se exprime, é tudo pergunta, mas sente-se a desnecessidade de perguntar, de responder, de conferir. A casa e o país em que a senhora habita distinguem-se exatamente por isso: neles ignora-se a necessidade. Tudo foi provido. Ou antes: o provimento é contingência tão fora de razão quanto a necessidade. Se a senhora precisasse de qualquer coisa, não haveria de obtê-la. Mas não é preciso precisar. As coisas como coisas tornaram-se menos que miragens. A mesma palavra "coisa" esvaziou-se, e em troca surgiu e expandiu-se uma objetividade extraobjeto, esquiva a processos de verificação. A desimportância de nomes e conceitos tornou esse lugar o mais puro e excelente de todos.

Lugar que, por vício de linguagem, eu chamaria jardim, para me fazer entendido aqui. Nesse jardim coloco, a meu modo, o seu aniversário redondo. Deixe-me fazer. Chegam pessoas amigas para cumprimentá-la. De leve, muito de leve. Nem pisam a grama. Que música é essa? Vem das flores, é claro. Flores pintadas, em suas hastes naturais, por fabulosos artistas meus camaradas, quando ainda era viável, entre nós, concebermos a natureza. Esboça-se uma dança inventada na hora, ou saída da terra orvalhada (é manhãzinha, tudo está nascendo na inocência da cor. Não se alega o não saber dançar. Todos sabem. E dançam. Da raiz de todas as festas possíveis, improvisa-se esta, clara, clara, sol na água, no verde, sol no sol.) (Se aparecem doces, doçuras de secretíssimas especiais receitas de tratados conventuais, não é por intenção da aniversariante; é traça minha, balda de quem não é capaz de compreender festa sem gulodice... a senhora desculpe.)

Levou cem anos para se lhe oferecer esta festa. E não é nada. A uma senhora que completa cem anos, que presente se deve dar: os descobrimentos no espaço? os descobrimentos no coração do átomo? canções novas em línguas novas? filosofias mais sábias que as já tentadas e desaparecidas? Se a senhora não precisa de nada, e sua vida está cheia, plena, completa, por que lhe ofereço este passatempo no jardim? se eu mesmo estou de fora desse jardim, e só entre grades e sombras de árvores posso divisar de longe sua infinita paisagem?

De qualquer modo, senhora minha, aqui lhe deixo a vã tentativa de um beijo.

LIÇÃO DE ANO NOVO

João Brandão, modesto beneficiário do INPS, foi ao banco receber o benefício aumentado de fim de ano. Junto ao guichê, o desconhecido de cara aberta catucou-o:

— Dá-me o prazer de aceitar uma pequenina lembrança? (Mais um chato querendo me impingir um brinde que não servirá para nada e me custará 50 cruzeiros.)

O homem estendeu-lhe um desses calendários de bolso, que reduzem o ano às proporções de um dia de folhinha de desfolhar.

(Em breve, a que se reduzirá o tempo?)

— Obrigado – e recebeu o presente.

— Quem agradece sou eu. Sinto verdadeira satisfação em oferecer calendários a determinados cavalheiros.

(Este cara é gozado. Por que fica satisfeito com uma coisa dessas? Pensa que está me dando um lote de ações do Banco do Brasil?)

— A estampa é bonita – comentou, para dizer qualquer coisa.

— Não é? Eu que bolei. A janela aberta para o céu e para o mar. Janela de cobertura, vê-se logo. Repare que não se enxerga nem a praia nem a rua. Só o essencial, o infinito.

(Além do mais, com babados de literato.)

— Não preciso chamar a atenção do amigo para os símbolos. Sei que beliscou imediatamente a minha ideia.

(Não precisa chamar, mas está chamando, para o que ele chama de símbolos.)

— Perfeito. Vejo pelo anúncio que o senhor é técnico...

— Em restauração de persianas e venezianas, e também de gelosias, para servi-lo. Minha especialidade.

— Pois quando eu precisar lá em casa, Senhor Teopompo, me lembrarei do senhor.

— Quero que se lembre sempre de mim. Pode parecer que estou botando banca, mas não é à toa que me chamo Teopompo.

(Matusquela.)

— Como assim?

— Enviado de Deus, sabe? Foi o Professor Nascentes que me explicou. Claro que não me atribuo essa importância toda. Mas um nome assim influi na gente, é responsabilidade. Ele ditou minha profissão.

(Meu Deeeus! só dizendo como o Tornado.)

— Não sirvo para missionário, me faltam as luzes, aquele saber, mas restaurando janelas abro um horizonte para os meus semelhantes, não lhe parece?

— E fecha também.

— Não diga isto. Quando a persiana desce, está abrindo para o espaço, como direi... interior. O mesmo que fechar os olhos. Fechar os olhos é abri-los para o miolo da gente. É cavar um túnel dentro de nós mesmos. De vez em quando, ou melhor, frequentemente, é ótimo fazer isto.

(Onde que ele quer chegar com este papo furado?)

— Com licença. O caixa vai me pagar.

— Toda. Como eu dizia, os homens têm muita necessidade de usar uma janela, coisa que pouco se faz hoje em dia. Quem é que chega à janela do apartamento para ver, não digo a batida de carro na rua, mas as nuvens, o sol rompendo ou baixando, as gaivotas, os pombos, as cores, os reflexos? Quem vê mais a Lua? O senhor? Duvido. Não leve a mal, mas a gente, o senhor inclusive, só espia o que está a meio metro de distância, nem isso. Hoje tudo é televisão, é *cassette,* se vê e se ouve por tabela. Troço sem graça.

(E daí?)

— Bom, vou me despedir.

— Se permite, mais uma palavrinha. Cuide bem de suas janelas.
— Terei presente.
— No material e no moral. Pessoas de sua idade...
(Minha idade, por quê? Que diabo ele tem com isso?)
— Como?
— É quando se deve olhar mais em redor, reparar bem, para descobrir o que vale a pena, o coração de cada coisa. Janeiro está estourando aí, vamos abrir a janela para janeiro.
— Isso todo mundo abre, queira ou não queira.
— Falo de um modo particular de abrir. Com jeito, com habilidade. Não escancarar logo, entende? Aos golinhos, não deixando as réguas da persiana se embaralhar, os cordões embolar. Descobrir o ano novo como... posso dizer?
— Não sendo contra a segurança nacional, pode.
— Como se despe a mulher amada, ou ela se despe pra gente. Valorizando as coisas.
(Até que este cara tem ensino.)
— Olhe devagar, saboreando a novidade das coisas que embaçaram com o ano velho, e voltam a ficar lustrosas no ano novo. Não gaste com o olhar, hem? para que elas durem o ano inteiro. Se é bom, dura até mais. Mas doze meses é prazo regular de duração. Tempo de restaurar a janela.
(Pronto. Entra a mensagem.)
— Restaurar a janela é um meio de restaurar a vista e o visto. Não digo isto para vender o meu peixe. Pergunto por perguntar: há muito tempo que não reforma suas persianas?
— Francamente, não me recordo.
— Então, meu caro, elas devem estar caindo de cansadas. Nesse caso...
— Agora percebi.
— O quê?

201

— O senhor fica junto ao guichê dos aposentados porque acha que eles devem morar em apartamentos adquiridos há trinta anos, portanto com persianas gastas. Na certa serão seus clientes.

— E haverá mal nisso? Não acha que eu faço bem aos aposentados? A reforma das persianas é um começo de reforma de vida. Vamos, comece bem o ano! Quem lhe fala é Teopompo Cardoso, semienviado de Deus!

E João aprendeu a lição mais simples de ano novo.

O PROFESSOR LIMÃO

— Olha o limonex, vem geladinho. A melhor pedida contra a poluição!

Como um banhista lhe perguntasse que é que tem a ver o suco de frutas cítricas com a poluição, o vendedor respondeu:

— Primeiro, com a devida licença, me favoreça uma sombra na sua barraca. Isso de pé na areia e lata nas costas o dia inteiro é fogo na Martinica. Ai! Obrigado, ilustre.

Depositou no chão sua mercadoria, sentou-se, abriu em leque os dedos dos pés, para gozar melhor da bênção daquela sombra. E ficou um instante olhando o mar, desligado da obrigação de vender refrigerantes, banhista ele também, sócio da onda e do sol.

— Então? Explica o negócio.

— Da polu? Ora, é o seguinte. Poluição não dá só na água, por causa do esgoto, e no ar, por causa da fumaça. Isto é a poluição de fora, o doutor sabe. Tem também a poluição de dentro, a imundície do coração, a fumaça, os gases, essa porcaria toda que a gente carrega no miolo da gente e os outros não manjam, que a gente mesma não manja, mas funciona. E envenena o corpo e o fundo do fundo de dentro. Morou?

— Mais ou menos. E o limão?

— Ora, doutor, o limão corta. Limão é fruta sagrada, tem um princípio ácido que derrete tudo quanto é impureza. Sujeira de dentro não pode com limão. O que eu digo afianço. Tudo isso é muito velho e sabido dos que sabem. De novo só tem essa palavra poluição, que eu comecei a empregar em dezembro, porque está na onda.

— Antes, o que é que você dizia?

— Eu digo o que me vem na boca. Louvado seja o Senhor do Bonfim, minha boca não é de ofender as madamas e cavalheiros. Antes de entrar nessa jogada de vender limonex, eu já respeitava o limão como limpador da alma. Aconteceu comigo, o doutor acredite. Andei uns tempos do lado do demo, com raiva de uma nega que me passou pra trás. Eu via a nega gingar agarrada com outro, e tinha vontade de cortar os dois em fatia de presunto, sabe como é? Fininho, fininho. Me dominava, de que maneira? Infernando a vida dos outros. Pontapé no gato, pontapé no cachorro, cacholeta no vizinho. Botava pra correr quem viesse me dar conselho. Me encarei no espelho e taquei um murro nele: a mão ficou uma ferida. E outros etcéteras. Nisso a minha nega (porque eu já tinha outra nega no lugar daquela, naturalmente) me deu pra beber um copo de caldo de limão puro e disse: "Toma de um gole, Severino, e lava tuas mazelas com o poder de Salomão encoberto no limão." Fiz uma careta, engoli. Quando acabei, estava rindo, rindo pra nega, rindo pro gato e pro vizinho, rindo pra tudo, uma felicidade. Nunca mais pensei com raiva na tal crioula dos meus pecados.

— Bebeu e mudou, na hora?

— Bom, na hora, na hora mesmo, não. Me senti mais pacificado, isso foi. E toda manhã a nega me dava um copo. No fim de um mês, eu era uma limpeza de alma, um jardim de flores naturais. Aí me ofereceram esse serviço de limonex. Como que não havia de topar? Topei. Salve o limão.

— É admirável.

— Não é? Então, vendo o meu limonex e dou de presente a notícia desse bem secreto do limão. Conversa que eu tenho com fregueses como o doutor, que me prestam a devida atenção. No que sou muito grato a sua senhoria. De tanto falar virtudes do limão, ganhei apelido. Me chamam de Professor Limão, bondade deles. Tem aí um colega que é o Doutor Limão, um cara gozado, eu cá trabalho na base da seriedade. Na ciência do positivo.

E, despedindo-se:

— Com a devida licença, muito obrigado, cidadão. Vou pra fornalha. Professor Limão, às suas ordens, do Leme ao Posto Seis, no fogo do verão.

CARRANCAS DO SÃO FRANCISCO

As carrancas do Rio São Francisco
largaram suas proas e vieram
para um banco da Rua do Ouvidor.
O leão, o cavalo, o bicho estranho
deixam-se contemplar no rio seco,
entre cheques, recibos, duplicatas.
Já não defendem do caboclo-d'água
o barqueiro e seu barco. Porventura
vêm proteger-nos de perigos outros
que não sabemos, ou contra os assaltos
desfecham seus poderes ancestrais
o leão, o cavalo, o bicho estranho
postados no salão, longe das águas?
Interrogo, perscruto, sem resposta,
as rudes caras, os lanhados lenhos
que tanta coisa viram, navegando
no leito cor de barro. O velho Chico
fartou-se deles, já não crê nos mitos
que a figura de proa conjurava,
ou contra os mitos já não há defesa
nos mascarões zoomórficos enormes?
Quisera ouvi-los; muito contariam
de peixes e de homens, na difícil
aventura da vida dos remeiros.
O rio, esse caminho de canções,
de esperanças, de trocas, de naufrágios,

deixou nas carrancudas cataduras
um traço fluvial de nostalgia,
e vejo, pela Rua do Ouvidor,
singrando o asfalto, graves, silenciosos,
o leão, o cavalo, o bicho estranho...

E O AUSTRÍACO SE CASOU

Casamento que reuniu o fino da intelectualidade brasileira, esse realizado em Laranjeiras, na bonita capela da residência do Conde e Condessa de São Mamede, casal sabidamente amigo dos escritores.

Outros mais elegantes têm acontecido nas igrejas da Glória do Outeiro, Santa Luzia, São Francisco de Paula, São Bento e na Reitoria da Universidade. Em matéria de assistência de intelectuais, porém, duvido que algum fosse mais brilhante do que este.

Basta dizer que, muito antes da hora marcada, já estavam na mansão dos Condes figuras como Augusto Méier e Eugênio Gomes, que não são de frequentar sociedade, além de Alceu Amoroso Lima, R. Magalhães Júnior, Antônio Houaiss. Não basta? Anotem ainda em seus caderninhos a presença de Dirce Cortes Riedel, Miécio Táti, Afrânio Coutinho, Thiers Martins Moreira, Peregrino Júnior, J. Galante de Sousa. Da Bahia, veio o governador-escritor Luís Viana Filho; de Belo Horizonte, o professor Wilton Cardoso; do Rio Grande do Sul, Moysés Vellinho; de Brasília, Cyro dos Anjos; e de Paris, o ilustre Jean-Michel Massa.

Nada de admirar: a noiva pertence a uma família de literatos, e o noivo – que os íntimos, sei lá por quê, apelidaram de Austríaco – é figura ímpar na constelação de glórias nacionais.

Contudo, a cerimônia primou pela simplicidade. Um irmão da noiva (poeta, por sinal) falecera em agosto, e o luto recente, aliando-se ao temperamento discreto dos nubentes, justifica a intimidade que caracterizou o ato, não obstante a presença de tantos intelectuais.

Oficiou o Cônego José Gonçalves Ferreira, tendo como coadjutor o Padre Antônio Joaquim da Conceição e Silva. Ao contrário do que se usa atualmente, quando só os padrinhos dão para encher a igreja (pelo menos 200), apenas duas testemunhas: o Conde de São Mamede e um jovem (26 anos) e maravilhoso artista do teclado, de muito futuro: Artur Napoleão.

Ao lado deste repórter, Peregrino Júnior tinha os olhos pregados na pessoa do noivo; como seu médico particular, receava que a emoção do momento pudesse afetar-lhe o equilíbrio. Mas o jovem trintão portou-se com bravura. E a noiva era a própria serenidade.

Sem maldade, alguns convidados fofocavam:

— Sabe que ela é mais velha do que ele três anos?

— E daí? O importante é que ela dobrou essa alma de solteirão.

— Se fosse de solteirão apenas. Você se lembra como ele era vidrado em cantoras líricas?

— Andou até empurrando o carro de uma...

— O enxoval da noiva é presente da Condessa e da Baronesa de Taquari.

— Da Baronesa, não. De Dona Rita de Cássia, filha da Baronesa.

— Repare nas joias.

— E nos sapatinhos de cetim.

— Ele é fetichista. Vai fazer questão de guardar esses sapatinhos a vida inteira.

— O enxoval dele foi o Fleiuss quem deu, não foi?

— Qual. Ele já está vendendo bem os seus livros, além do emprego que tem no *Diário Oficial*. Fatura alguma coisa.

— Nem tanto. Parece que vão morar na Rua dos Andradas, que não é propriamente a Vieira Souto.

— Eu sei, no número 119.

— São pobres, sim. Mas como se amam! Aquilo é união para toda a vida.

— Os irmãos dela não queriam...

— Perdão, o mano falecido fazia gosto. Os outros acabaram aprovando. E nenhum deles vale o noivo.

Entre abraços, na despedida, Plínio Doyle colheu autógrafo precioso: o noivo rabiscou uns versinhos.

— Se ele tivesse consultado o Plínio, que é cobra nesses assuntos, não teria assinado aqueles contratos com o editor, cedendo a propriedade de seus contos e romances – comentou Marco Aurélio Matos.

— É, mas o Plínio dá um jeito – garantiu Carlos Ribeiro.

E assim foi o casamento menos badalado, e mais importante do ano, no último dia 12 de novembro. Jornalisticamente, não é mais novidade: parece que foi há 100 anos. Todo o estado-maior das letras presente, como já disse. Com exceção de Austregésilo de Athayde, presidente da Academia, cuja ausência foi muito sentida. O bom Athayde prometera saudar os noivos num pequeno *speech,* mas, por um motivo qualquer, não pôde comparecer ao enlace de Joaquim Maria Machado de Assis e Carolina Augusta Xavier de Novais. Certamente, ainda como presidente da Academia, irá à comemoração das bodas de luz do casal, em 2069.

UM DIA, UM AMOR

João Brandão pergunta, propõe e decreta:

Se há o Dia dos Namorados, por que não haver o Dia dos Amorosos, o Dia dos Amadores, o Dia dos Amantes? Com todo o fogo desta última palavra, que circula entre o carnal e o sublime?

E o Dia dos Amantes Exemplares e o Dia dos Amantes Platônicos, que também são exemplares à sua maneira, e dizem até que mais?

Por que não instituir, ó psicólogos, ó sociólogos, ó lojistas e publicitários, o Dia do Amor?

O Dia de Fazê-lo, o Dia de Agradecer-lhe, o de Meditá-lo em tudo que encerra de mistério e grandeza, o Dia de Amá-lo? Pois o Amor se desperdiça ou é incompreendido até por aqueles que amam e não sabem, pobrezinhos, como é essencial amar o Amor.

E mais o Dia do Amor Tranquilo, tão raro e vestido de linho alvo, o Dia do Amor Violento, o Dia do Amor Que Não Ousava Dizer o Seu Nome Mas Agora Ousa, na arrebentação geral do século?

Amor Complicado pede o seu Dia, não para tornar-se pedestre, mas para requintar em sua complicação cheia de voos fora do horário e da visibilidade. Amor à Primeira Vista, o fulminante, bem que gostava de ter o seu, cortado de relâmpagos. E há motivos de sobra para se estabelecer o Dia do Amor ao Próximo, e o Próximo somos nós, quando nos esquecemos de nós mesmos, abjurando o enfezadíssimo Amor-Próprio.

Depressa, amigos criadores de Dias, criai o do Amor Livre, entendido como tal o que desata as correntes do interesse imediato, da discriminação racial e econômica, ri das divisões políticas, das crenças separatórias, e planta o seu estandarte no cimo da cordilheira mais alta.

Livre até no impulso egoístico da correspondência geométrica. Amor que nem a si mesmo se escraviza, na total doação que é converter-se no alvo, pois lá diz o que sabe: "Transforma-se o amador na coisa amada."

Haja também um Dia para o Amor Não Correspondido, em que ele se console e crie alento para perseverar, se esta é a sua condição fatal, melhor direi, a sua graça. Pois todo Amor tem o seu ponto de luz, que às vezes se confunde com a sombra.

O Amor Impossível, exatamente por sua impossibilidade, merece a compensação de um Dia. Concederemos outro ao Amor Perfeito, que não precisa de mais, mergulhado que está na eternidade, a mover os sóis, independentemente da astrofísica. Ao Amor Imperfeito, síntese muito humana de tantos, retrato mal copiado do modelo divino, igualmente, se consagre um Dia generoso.

Amor à Glória não carece ter Dia, nem Amor ao Dinheiro e seu primo (ou irmão) Amor ao Poder. Eles se satisfazem, o primeiro com uma bolha de sabão, os outros dois com a mesa posta. Mas ao Amor faminto e sem talher, e ao que nenhuma iguaria lhe satisfaz, porque sua fome vai além dos alimentos e é a fome em si, a ansiosa procura do que não existe nem pode existir: um Dia para cada um.

E se mais Dias sobrarem, que sejam reservados para os Amores de que não me lembro no momento mas certamente existem, pois sendo o Amor infinito em sua finitude, isto é, fugindo ao tempo no tempo, e multiplicando-se em invenções, sutilezas, desvarios, enigmas e tudo mais, sempre haverá um Amor novo no sujeito amante, dentro do Amor que nele pousou e que cada manhã nasce outra vez, de sorte que o mesmo Amor é cada dia Outro sem deixar de ser o Antigo, e são muitos outros concentrados e não compendiados na potencialidade de amar. Assim sendo, recomendo e requeiro e decreto que todos os dias do ano sejam Dias do Amor, e não mais disso ou daquilo, como erradamente se convencionou e precisa ser corrigido. Tenho dito. Cumpra-se.

SALVAR PASSARINHO

O Vento Noroeste (ponho com maiúsculas porque ele é uma personalidade, entre os demais ventos), chegou sem aviso prévio, sacudiu a cabeleira das árvores, derrubou tapumes, entortou postes, estraçalhou coisas. E foi-se embora. No chão, jaziam tábuas, fios, galhos. E no meio dos destroços, no refúgio entre duas pistas, um passarinho de asa quebrada, agitando-se em vão. Anoitecia.

— Olha aquele infeliz tentando voar – disse o passageiro do táxi, quando o sinal fechou.

— Eles ficam assim depois de uma rajada mais forte – comentou o motorista. — É da vida, doutor.

— Dá tempo de descer e apanhar o coitadinho?

— Se andar ligeiro, dá. Mas com esse bolo de carros no meio, como é que vai chegar até ele? O sinal abrindo, eu tenho de tocar, e não levo nem o doutor nem o passarinho.

— Isso é verdade. Mas dá pena ver um bichinho desses sofrendo.

— Faça de conta que não viu.

— Mas eu vi, aí é que está.

— Bem, o doutor é quem resolve. Mas eu não vou perder a corrida se o sinal...

— Eu pago adiantado, não me importo com dinheiro, está aqui o dinheiro.

Começou a mexer nervosamente na carteira, enquanto calculava o preço da corrida.

— Não é isso. O doutor esquece que está com um embrulho grande no carro. Se sair para salvar o passarinho, tem de levar o embrulho, para não ficar sem ele se não voltar a tempo.

— Bolas, me esquecia do embrulho. É mesmo, tenho de levar. Eu levo. Estou disposto a salvar aquele bichinho de qualquer maneira.

— Me desculpe, mas não dá pé o doutor atravessar com esse embrulho, apanhar o passarinho e voltar com os dois.

— Não faz mal. Eu tento. Olhe aqui o seu dinheiro.

— Espere um pouco. O doutor não vê que vai ficar com um embrulho e um passarinho aleijado na mão, no meio da pista, às sete horas da noite, sem condução, e ameaçando chuva? Já está pingando, repare.

— Escute aqui, meu caro ("meu caro", dito sem nenhuma inflexão de ternura, pelo contrário), em certas circunstâncias da vida...

Não concluiu. Apareceu o sinal verde, o motorista arrancou.

— Pois é, se nós não ficássemos conversando, dava tempo. Agora, vou ficar pensando no pobrezinho. Sei que é bobagem, mas não posso ver uma criaturinha dessas sofrer, sem eu sentir alguma responsabilidade.

— Compreendo. O doutor não pense que eu tenho coração de pedra. Mas já calculou o que ia fazer com esse passarinho?

— Ia cuidar dele, ué.

— Ia cuidar, é claro. O doutor chegava em casa, entregava ele pra sua patroa, pedia a ela que tratasse dele. Mas como é que se conserta asa de passarinho, quando a gente não é formada nessas coisas? Não duvido que a madame seja jeitosa, mas consertar asa de passarinho, juro ao doutor que não é mole, tive experiência lá em casa. Pode até quebrar a outra asa. Então a gente pensa em chamar um veterinário, porque a clínica é longe, está chovendo uma barbaridade, mas cadê o número do telefone dele? mudou de endereço, não atende, essas coisas. E o preço da consulta? Já vi que o doutor não faz questão de dinheiro, mas, com sua licença, a madame faz, e com razão.

— Você é pessimista, hem?

— Realista, doutor, é o que sou. Vamos que fique em cem contos, baratinho, a visita do veterinário. A questão é que ele não vem, a noite é comprida, o bichinho em cima do sofá, padecendo, mexendo só com uma asa. O doutor tem filhos?

— Três.

— Então complica. Vão querer dar palpite, pegar no passarinho, que não quer agrado, não quer comida, quer é ficar livre da chateação. O doutor fica nervoso e...

— E o quê?

— Não tenho coragem de dizer.

— Diga, não faz mal.

— Então o doutor faz aquilo que eu fiz, na mesma situação.

— Que foi que você fez?

— Tranquei o coração, fechei os olhos... e apertei o pescocinho dele. Para ele não sofrer mais. A patroa e os garotos me xingaram de monstro, de mais isso e mais aquilo. Está vendo? Sorte do doutor, aquele sinal abrir.

MANUEL, OU A MORTE MENINA

Brincando brincando, faz um ano que morreu nosso poeta. Sua morte é morte menina, ainda não assumiu forma definitiva. Tem-se vontade, não de ir à missa para rezar por ele, mas de acender a velinha, bater palmas: "Viva Manuel!" Está começando a viver de novo... Os 82 anos passados não contam mais. Agora, é a perspectiva infindável, não no tempo: na poesia, que se desligou do homem, e circula por aí como um ser que não depende de pulmão, coração, transplante, vitaminas, cuidados. O poeta morreu coisa nenhuma. É abrir ao acaso qualquer de seus livros, e tirar a prova.

Então, vou com ele pela Avenida Rio Branco, num encontro fortuito, e o dia vira bilhete premiado; ou é a visita a seu apartamento, em hora rigorosamente cronometrada (o poeta é desses de levar relógio a sério); ou ainda o almoço na cantina da Editora José Olympio, quando, livre de controle, ele ataca briosamente a batida e a carne de porco. E vou ouvindo e vou guardando o que me fala:

— Estou convencido de que não é possível decidir com justiça os concursos literários. Tão mais fácil avaliar um poema, quando a gente o lê sem intenção de julgar!

Uma romancista notável deixou de fazer versos, porque os mostrou a Manuel, e este achou que os dois poemas cabiam num só. A moça concluiu que o melhor era não insistir em poesia.

— Até que não posso queixar-me da minha – continua o bardo. — Se não me rendeu um tostão até os cinquenta anos, em compensação, todas as mulheres que me amaram vieram por causa da poesia, e não da minha pessoa.

Há coisas, porém, que ficam fazendo falta na vida:

— Carrego comigo duas tristezas: nunca amei uma portuguesa nem uma negra.

Mostro-lhe um belo retrato juvenil de Cecília Meireles, e ele observa:

— O mais extraordinário não é a moça bonita que ela foi. É a velha bonita que ela é.

Subindo a Santa Teresa, passamos pelo convento das carmelitas:

— Tenho uma prima que é freira aí dentro. A clausura é absoluta, como todo mundo sabe. Mas, se adoecem, as religiosas podem tratar-se em certas casas de saúde, e só numa ocasião dessas é que eu costumo visitar minha prima. Na despedida, eu lhe digo sempre: "Até a próxima operação."

Aos 76 anos, entra na longa fila de ônibus para Copacabana, disposto a viajar em pé enquanto lê *Maria Stuart* em alemão, e vai mentalmente traduzindo o verso de Schiller para Cacilda Becker interpretar o drama. Tudo que o poeta compôs e ensinou a vida inteira não deu para comprar um fusca. É noitinha, e chove. Os paqueras percorrem devagar a fila, à caça de mulher que tope carona em seus carros. Manuel, impávido, protege-se sob o guarda-chuva, enquanto o ônibus não vem. E sorri, dentuço, míope. Nunca se queixa. Aos 78 anos, traduz o *Rubáiyát*, como se estivesse começando a carreira literária.

Não gosta quando poetas pra frente falam mal da inspiração:

— Ora, inspiração é coisa que não pode faltar em poesia e em tudo na vida. Até para atravessar a rua você precisa estar inspirado. Chamo de inspiração uma certa facilidade, que em determinado momento nos ocorre, para fazer uma coisa.

Sob o peso da vida, ia tão lampeiro pela rua que um admirador o deteve para interpelá-lo:

— Desculpe... O senhor pode me dizer qual o segredo de sua mocidade?

— Sofrimento – foi a resposta.

São tudo saudades? Não. É a presença de Manuel Bandeira, em sua morte menina. Morte que é começo de flor, projeto de jardim público, para quando a poesia for descoberta pela multidão.

TRÊS PRESENTES DE FIM DE ANO

I

Querida, mando-te
uma tartaruguinha de presente
e principalmente de futuro
pois viverá uma riqueza de anos
e quando eu haja tomado a estígia barca
rumo ao país obscuro
ela te me lembrará no chão do quarto
e te dirá em sua muda língua
que o tempo, o tempo é simples ruga
na carapaça, não no fundo amor.

II

Nem *corbeilles* nem
letras de câmbio
nem rondós nem
carrão 69
nem festivais
na ilha d'amores
não esperes de mim
terrestres primores.
Dou-te a senha para
o dom imperceptível

que não vem do próximo
não se guarda em cofre
não pesa, não passa
nem sequer tem nome.
Inventa-o se puderes
com fervor e graça.

III

Sempre foi difícil
ah como era difícil escolher
um par de sapatos, um perfume.
Agora então, amor, é impossível.
O mau gosto
e o bom se acasalaram, catrapus!
Você acha mesmo bacana esse verniz abóbora
ou tem medo de dizer que é medonho?
E aquele quadro (objeto)? aquela pantalona?
Aquela poesia? Hem? O quê? não ouço
a sua voz entre alto-falantes, não distingo
nenhuma voz nos sons vociferantes...
Desculpe, amor, se meu presente
é meio louco e bobo
e superado:
uns lábios em silêncio
(a música mental)
e uns olhos em recesso
(a infinita paisagem).

SAMBA NO AR

Tão absorto estava em seu trabalho que nem reparou nos rostos emoldurados pela janela.

— Estamos incomodando?

— Não. Podem continuar.

De repente, o susto. Continuar o quê?! Só então se deu conta de que, na altura do 12° andar, dois estranhos olhavam para ele, e esses estranhos não estavam em seu escritório, mas suspensos lá fora, como aparições.

— Quer fazer o favor de fechar a vidraça?

Aí, compreendeu que se tratava dos pintores encarregados de restaurar as paredes externas do edifício, como é hoje exigido na cidade. Tinham chegado ali pelo andaime, e dispunham-se a pintar a face externa das esquadrias.

— Pois não. Vou fechar.

Levantou-se para atendê-los, mas antes de fechar a vidraça deu uma espiada no estrado balouçante onde os dois se equilibravam.

— Meio perigoso, não?

Ambos sorriram, e o de voz nordestina comentou:

— A gente pinta, a gente morre na BR-3.

O outro, carioca de morro:

— Quem é do samba não estranha essa ginga, doutor.

— Vocês aceitam um cafezinho?

Aceitaram. Até que chegasse o cafezinho, o trabalho, naturalmente, foi interrompido.

— Então, não têm medo de...

— Cair? De ficar aleijado, sim – respondeu o carioca. — Aí o cara não pode mais se virar. Mas se empacotar tanto faz, né? o cara tem de empacotar mesmo.

— Pois eu prefiro empacotar na rede – manifestou o outro. — Estou nesta só até arranjar serviço de pisar no chão.

— Ele quer ser motorista, doutor. Em vez de morrer, o sentido dele é mandar os outros embora. Cabra da peste.

— O doutor não dê confiança a esse careta. O que ele fala é conversa de tirar leite de bode.

Os dois riram, contentes de se xingarem. Atiravam-se mutuamente as farpas que gostariam de desfechar em outros: nos sócios da firma de pintura, ou nos condôminos do edifício, todos no seu bem-bom, enquanto eles, dependurados naquela caranguejola, se expunham a virar notícia, para que a casa alheia ficasse bem limpa por fora.

Conjeturando isto, o morador sentiu uma coisa parecida com remorso. Que direito lhe assistia de arriscar assim a vida do próximo? Enfim, era o governo que dava ordem de pintar as casas, e todos obedeciam, salvando a boa aparência – pelo menos esta.

— Trabalhar nessas condições devia ser proibido... Ou senão, cada um que aprendesse a pintar, e pintasse o seu pedaço de edifício.

— E nós, doutor? Sem serviço, catando minhoca no asfalto?

— Ora, serviço não falta neste país que ninguém segura. A Transamazônica...

— O doutor não vai querer mandar a gente pra lá não, hem? – alarmou-se o nordestino. — Aqui mesmo a gente remedeia, com a graça de Deus e do santo da gente.

O carioca desviou a conversa.

— O doutor tem um bocado de livro. Estou apreciando.

— É ferramenta de trabalho. Vivo disto.

— Tem aí os livros do Freud?

— Você conhece o Freud?

— Só umas tinturas. De noite a gente dá uma lida.

— E que mais você gosta de ler?

— Ah, gosto de tudo. Mas gostava mesmo é de escrever e etcéteras...

O outro interrompeu-o:

— Ele é danado pra fazer samba, doutor. Aperta ele que ele canta.

— Se o senhor faz questão, vou cantar um que fiz na semana passada, é simplesinho, mas diz umas coisas que estavam me catucando pra sair, entende?

— Então pule a janela e venha cantar cá dentro.

— Precisa não, doutor. Aqui mesmo. – Aprumou-se, limpou a garganta. A tábua oscilava, ele deu um passo inseguro...

— Olha que você cai, rapaz!

Quem disse que caiu? Era pintor das alturas, era sambista, era carioca. E o samba saltou no ar, como se nele vivesse e florisse. Todas as janelas do edifício se abriram. Dos edifícios próximos também. E uma salva de palmas coroou a audição.

TATÁ, O BOM

A gentileza em pessoa? Mas dizer gentileza é dizer pouco ou errado. Raspando-se a casca do gentil, aparece muitas vezes o osso da indiferença. As pessoas mostram-se afáveis para se livrarem mais facilmente umas das outras. Posição de defesa, apenas; no fundo, um enorme pouco-estou-te-ligando. No caso de Tatá, homem gentil, se alguém o escalpelasse, encontraria matéria muito diversa: bondade. No duro.

Todo mundo sabia desse recheio especial, e todo mundo se beneficiava dele, na comunidade de artistas, escritores, funcionários. Chego a admitir que o explorávamos. Tatá ficou sendo instituição de utilidade pública, sem diploma nem decreto do Ministério da Justiça: pelo consenso dos colegas.

— Tatá, faz isso pra mim.

— Tatá, me quebra esse galho.

— Tatá, e isso? e aquilo? como é que vai ser, Tatá?

Tatá, afabilíssimo, providenciava. Abraçando a um e a outro, com uma palavra-ternura, interessando-se pelo problema de cada um, contando coisas; sabia muitas coisas sobre cada coisa, em seu mundo. No fim, já não era preciso pedir-lhe nada. Ele adivinhava, ou por outra: lembrava-se por nós daquilo que a gente deveria lembrar e esquecia. Como é fácil esquecer quando se tem alguém que lembra por nós.

O telefone tocava, à noite. Era Tatá:

— Querido, estou saindo do serviço, e vi que você não assinou o ponto. Tome um táxi, venha assinar depressa. Não perca seu dia de trabalho.

Muitas tarefas pesavam sobre seus ombros magros, e ainda cuidava das alheias. Se um companheiro faltava com a obrigação, ele dava um jeito de a obrigação ser cumprida: tão amigo do pessoal como do serviço.

Tatá em férias, visitando o Norte de seus encantos, a gente ficava meio sem bússola, no marzinho em que navegávamos. No jantar de confraternização, de fim de ano, era ele entrar na churrascaria e aproximar-se da mesa, estrondava, espontânea, uma salva de palmas, todos querendo sentar-se a seu lado – único problema que Tatá não seria capaz de resolver... Mas talvez houvesse outro, pois esse homem bom sofria ao verificar a existência da maldade. Isso lhe parecia absurdo, antinatural. Talvez um cochilo de Deus. Mas Deus não devia cochilar!

Eis que, terça-feira, Tatá não comparece ao trabalho. E não avisou. Ele, o pontual, o que se desdobrava para servir e remediar a falta dos outros. Como é que pode? Quarta-feira, também não. O pessoal, inquieto, corre à procura de Tatá. Em seu pequeno apartamento de solteiro, o cãozinho late aflito. Tatá não está lá dentro. Vão encontrá-lo no Instituto Médico Legal – corpo esmagado por um desses assassinos de rodas, que andam por aí exterminando pedestres inocentes. A morte que Tatá menos merecia, e que o pegou de noite, voltando do trabalho.

Na Capela de São Francisco da Penitência, no Caju, era uma família reunida, a enorme família que Tatá se fizera, sendo simples e sendo bom. Quantos importantes desta hora terão um velório como o seu, em que todos estavam ali por sentimento real e muitos choravam? Quando Ziraldo inventou Jeremias, o Bom, mal podia imaginar que seu tipo existia no cotidiano do Rio, e que seu exato nome era Tatá – ou, no fichário, Otacílio Cruz, controlador-geral da programação da Rádio Ministério da Educação e Cultura.

APARTAMENTO PARA AEROMOÇA

Um dos negócios do dia, para quem disponha de alguns milhares de cruzeiros novos, é comprar qt. sl. dep. para renda. Aplicação garantida. Você desembolsa 15 mil de entr., e o resto em suaves prests. sem juros. Assinada a escritura de promessa de compra e venda, bota anúncio no caderno de classificados, e fica esperando a fila de pretendentes, que amanhece na esquina. O primeiro, o segundo, o terceiro, o quarto mostram suas caras mais ou menos honestas; você escolhe a melhor cara, e confia-lhe o seu qt. sl. dep., mediante contrato muito bem redigido, que prevê tudo e mais alguma coisa; e por fora do contrato, estabelece ainda um mais, além do mais estabelecido nele. Pronto, agora você é um senhor proprietário locador, e todo mês recebe o santo dinheirinho de renda, aquilo que Machado de Assis chamou de flores do capital, e como cheiram!

Mas, para que se dar ao trabalho de anunciar o qt. sl. dep., se no caderno de classificados desta manhã saiu esta coisa bacaninha:

Aeromoça estrang. procura ap. qt. sl. dep. Ipanema contr. 2 anos propostas tel. ..."

Ora, quem é que não quer alugar o seu qt. sl. dep. para a aeromoça? Além de tudo estrangeira? Você se dispensa de passar em revista a legião de caras feias, ambíguas, antipáticas, de candidatos. A companhia de aviação escolheu por você, pensando em você, a locatária perfeita, mais habitante do ar que da terra. E quem sabe se com essa locatária não virá a oportunidade de repassar o seu inglês de Bocaiuva, tão fraquinho; até – por que não? – de pegar de voo algumas noções de sueco? Ótimo aprender assim.

— Alô. É de...?

— Exato.

— Desejaria falar com a aeromoça que procura um qt. sl. dep.

— Está em Paris, cavalheiro. Pode falar, eu tomo o recado.

— Obrigado, tocarei depois.

— Diga onde é o seu qt. sl. dep., que irei vê-lo, para adiantar expediente. Estou autorizado a isso.

A moça, mal chegava de Paris, ia para Frankfurt, estava em Londres, voltava de Amsterdã. Era natural que não tratasse pessoalmente do negócio. O proprietário compreendia perfeitamente. Entre dois voos, conheceria a provável inquilina, que imaginava alta e loura; podia também ser meã e morena, mas por que não seria loura e alta? É o ideal das aeromoças, pelo menos para seu gosto.

— Já alugou o qt. sl. dep.? – perguntavam-lhe os amigos.

— Negócio fechado – e ele sorria, misterioso (não era bobo de contar a ninguém que espécie de inquilina lhe caíra do céu).

Um desses amigos que leem tudo, até balanço de sociedade anônima, apareceu brandindo o caderno de classificados:

— Negócio fechado como, se o seu anúncio está aqui?

E não é que estava? Além do mais, com o telefone da aeromoça, mas sem referência a esta. A rua, o número do edifício e o do qt. sl., tudo coincidia. Bonito: um vigarista qualquer apropriara-se do que era seu, com partes de aeromoça!

— Fique tranquilo – responderam-lhe do tal telefone. — Esse anúncio não vale. Evidentemente é engano. A aeromoça chega amanhã de Nova Iorque, e depois de amanhã assina a escritura. Negócio fechado.

À hora aprazada, no cartório, quedê aeromoça. Estava era um senhor redondo, calvo, comum. Com um rapaz – o informante do telefone.

— A aeromoça não vem?

O rapaz sorriu, explicativo:

— Desculpe, sou corretor de imóveis. Seleciono os clientes por meio do anúncio de aeromoça. É a melhor maneira de alugar pequenos apartamentos, interessando proprietários de... bom gosto. Olhe, fiz para o senhor um negócio bacana. Quem aluga é este senhor aqui. Amanhã o anúncio da aeromoça reaparece no jornal. Os proprietários não têm o menor trabalho, e durante uma semana sonham coisas fabulosas com uma aeromoça!

A LUZ, NO SOM

Não, querida, este não é o mês de Mao. É o mês de maio. Um mês que tinha cor e sabor distintos, para a gente nascida no interior deste país, e que cultivava (ou obedecia a) certo modo de ser, de sentir, de colocar-se diante da vida.

Você não vai acreditar, mas todas as noites a igreja se abria e todas as noites se rezava e cantava. As garotas mais bonitas da cidade (ou será que agora só revejo as mais bonitas, subindo lentamente as escadas laterais do altar?) eram escolhidas para cantar, jogar pétalas de flores e coroar a imagem da Virgem. Um espetáculo. Repetido 31 vezes, e outras tantas assistido por mais ou menos os mesmos espectadores: ninguém queria perdê-lo.

As famílias se preparavam minuciosamente para apresentar bem suas filhas. Quem não tinha dinheiro para adquirir as vestes brancas, de um branco que lembrasse candura e leveza de ar, inventava-o. E ninguém fazia feio. As mais pobres entre as garotas rivalizavam com as mais ricas – sendo que rico, rico mesmo, na dimensão abismal da palavra, não havia ninguém no interior.

Espírito de competição? Talvez. Impulso de demonstração? É possível. Mas sem vaidade terrena. Seria antes vaidade... celestial, desejo de honrar Nossa Senhora apresentando-lhe as meninas como se fossem a um baile de gala no céu.

Assim era maio. Devo admitir que as pequenas cidades não tinham realmente outras atrações, e era preciso aproveitar ao máximo o que hoje, para me fazer compreender, eu chamaria de *show*. Mas quero crer que a atração porventura surgida – teatrinho ou circo – não desviasse os frequentadores do "Mês de Maria". Cada um queria ver sua filha brilhar, e todos queriam apreciar a coroação como coroação de rainha mesmo.

Certa nostalgia do Império, quem sabe?, habitava ainda o espírito daquela gente nascida antes da República, ou nos seus primeiros tempos... E a rainha era maior que a Rainha da Inglaterra, a Imperatriz da Alemanha, a Tzarina de todas as Rússias – entretanto, mulher muito simples, suave.

Maio era forte, em sua delicadeza. Os poucos livres-pensadores da cidade respeitavam-no. A conotação artística da cerimônia decerto influiria nesse comportamento. Havia também a emoção poética. E o adro da igreja, para quem não gostava de ajoelhar-se e rezar, tinha seus encantos. Conversa mineira ao relento, sob o friozinho de maio, com a Lua deste tamanho prateando as encostas ("plenilúnio de maio em montanhas de Minas!", disse o poeta que foi governador de estado, e amava as serenatas). O ofício religioso não era assistido pela maioria dos homens. Quando chegava, porém, o momento da coroação, todos entravam, olhos e ouvidos fixos na Virgem e no coro infantil. Branco, azul e ouro. "Não posso definir aquele azul; não era do céu nem era do mar"? Aquele era do céu e era da gente. Propriedade dos pais das garotas, e de toda gente. Azul de maio, forro de fundo de altar e de teto de igreja, em cidadezinha que de fofoqueira e politiqueira se transformava na mística cidade de Deus – ou, mais camaradamente, na mística cidade de uma santa especialíssima, chamada Maria. E todas as moças se chamavam Maria...

Isso era maio. Exagero talvez. Na minha idade a gente torna o passado um palco imenso e rutilante, e amesquinha o presente, que para os jovens é território sem limites. Sim, haveria em maio a substância dos outros meses, feita de rotina e preocupação, mas o certo é que tudo isto se dissipou, restando apenas a claridade da velha matriz de fogos acesos, com as meninas galgando os degraus, e cantando. O mês inteiro. A infância inteira. E não era chato, pelo contrário. Posso garantir a você que era um senhor acontecimento. Mês de belezas maias. Porque maio também é (era) adjetivo; você sabia, querida? Coisas de dicionário antigo, e de velha folhinha eclesiástica. Repita comigo: maio. Sentiu a luz, no som? Não, mesmo? Que pena!

COPA DO MUNDO 70

I / MEU CORAÇÃO NO MÉXICO

Meu coração não joga nem conhece
as artes de jogar. Bate distante
da bola nos estádios, que alucina
o torcedor, escravo de seu clube.
Vive comigo, e em mim, os meus cuidados.
Hoje, porém, acordo, e eis que me estranho:
Que é de meu coração? Está no México,
voou certeiro, sem me consultar,
instalou-se, discreto, num cantinho
qualquer, entre bandeiras tremulantes,
microfones, charangas, ovações,
e de repente, sem que eu mesmo saiba
como ficou assim, ele se exalta
e vira coração de torcedor,
torce, retorce e se destorce todo,
grita: Brasil! com fúria e com amor.

II / O MOMENTO FELIZ

Com o arremesso das feras
e o cálculo das formigas
a Seleção avança
negaceia
recua
envolve.

É longe e em mim.
Sou o estádio de Jalisco, triturado
de chuteiras, a grama sofredora
a bola mosqueada e caprichosa.
Assistir? Não assisto. Estou jogando.
No baralho de gestos, na maranha
na contusão da coxa
na dor do gol perdido
na volta do relógio e na linha de sombra
que vai crescendo e esse tento não vem
ou vem mas é contrário... e se renova
em lenta lesma de *replay*.
Eu não merecia ser varado
por esse tiro frouxo sem destino.
Meus onze atletas
são onze meninos fustigados
por um deus fútil que comanda a sorte.
É preciso lutar contra o deus fútil,
fazer tudo de novo: formiguinha
rasgando seu caminho na espessura
do cimento do muro.

Então crescem os homens. Cada um
é toda a luta, sério. E é todo arte.
Uma geometria astuciosa
aérea, musical, de corpos sábios
a se entenderem, membros polifônicos
de um corpo só, belo e suado. Rio,
rio de dor feliz, recompensada
com Tostão a criar e Jair terminando
a fecunda jogada.

É gooooooooool na garganta florida
rouca exausta, gol no peito meu aberto

gol na minha rua nos terraços
nos bares nas bandeiras nos morteiros
gol
na girandolarrugem das girândolas gol
na chuva de papeizinhos celebrando
por conta própria no ar: cada papel,
riso de dança distribuído
pelo país inteiro em festa de abraçar
e beijar e cantar
é gol legal é gol natal é gol de mel e sol.

Ninguém me prende mais, jogo por mil
jogo em Pelé o sempre rei republicano
o povo feito atleta na poesia
do jogo mágico.
Sou Rivelino, a lâmina do nome
cobrando, fina, a falta.
Sou Clodoaldo rima de Everaldo.
Sou Brito e sua viva cabeçada,
com Gérson e Piazza me acrescento
de forças novas. Com orgulho certo
me faço capitão Carlos Alberto.
Félix, defendo e abarco
em meu abraço a bola e salvo o arco.

Como foi que esquentou assim o jogo?
Que energias dobradas afloraram
do banco de reservas interiores?
Um rio passa em mim ou sou o mar atlântico
passando pela cancha e se espraiando
por toda a minha gente reunida
num só vídeo, infinito, num ser único?

De repente o Brasil ficou unido
contente de existir, trocando a morte
o ódio, a pobreza, a doença, o atraso triste
por um momento puro de grandeza
e afirmação no esporte.
Vencer com honra e graça
com beleza e humildade
é ser maduro e merecer a vida,
ato de criação, ato de amor.
A Zagallo, zagal prudente
e a seus homens de campo e bastidor
fica devendo a minha gente
este minuto de felicidade.

POSFÁCIO
NÃO FORAM SÓ PEDRAS NO MEIO DO CAMINHO
POR ANTONIO PRATA

Uma boa crônica aponta para dois lados opostos e complementares. À primeira vista, o texto esmiúça isto que, por falta de termo melhor, chamaremos de realidade: uma ida ao restaurante, uma notícia de jornal, um pé de milho, um guarda-chuva. Ao falar sobre o que está fora de si, contudo, aos poucos o cronista vai jogando luz sobre seu próprio interior.

O poder ultrajovem nos proporciona este prazer duplo aos borbotões. Vemos as mudanças culturais e comportamentais dos anos 1960/1970, ao mesmo tempo em que vamos nos aproximando – nesta intimidade entre leitor e autor que a crônica proporciona tão bem – de um dos maiores brasileiros do século XX, Carlos Drummond de Andrade.

Nas colunas de outro gênio que escrevia na mesma época, Nelson Rodrigues, as mudanças são comentadas com um misto de horror e sarcasmo. (Uma das razões para a grandeza do Nelson Rodrigues era, parafraseando o clichê, ser um homem *atrás* de seu tempo. A originalidade nasce ao se observar algo por um ângulo diferente, não importa se da frente, de trás, dos lados, do alto ou de baixo).

Drummond é feito de matéria completamente diferente. É com uma abertura rara que ele encara as mudanças, falando sobre elas com generosidade e candura, sem nunca perder certo rigor especulativo. Embora afirme, lá pelas tantas, que "Na minha idade a gente torna o passado um palco imenso e rutilante, e amesquinha o presente, que para os jovens é um território sem limites", a mesquinharia passa longe deste livro.

Enquanto outros homens daquela geração caçoavam do feminismo com tiradas de mau gosto, tipo "o melhor movimento feminino é o movimento dos quadris", Drummond comemora a vitória das professoras, ao conquistarem o direito de usar calça comprida nas salas de aula. Fala da minissaia e de vestidos transparentes com beleza e respeito, sem permitir que o desejo o faça tropeçar nos cadarços desamarrados de troncha masculinidade brasileira. Vive aquele momento em que, pela primeira vez na história, a juventude é colocada em primeiro plano sem propor aos jovens que "envelheçam", como seu colega pernambucano. Pelo contrário, no texto que dá título ao livro põe um restaurante inteiro a aplaudir uma menininha que vence o pai num *tour de force* argumentativo.

Até mesmo numa crônica em que comenta criticamente o aumento da presença da publicidade na vida das pessoas, "Olhador de anúncio", o cronista consegue enxergar uma nesga de poesia. Depois de ironizar a ubiquidade das propagandas – "Em outros tempos, se o indivíduo sentia frio, passava na loja e adquiria os seus agasalhos. Hoje são os agasalhos que lhe batem à porta, em belas mensagens coloridas" – e rir de slogans como "A alegria está no açúcar", "Tip-Tip tem sabor de céu" ou "Seus pés estão chorando por falta das meias Rouxinol", ele fecha o texto com o seguinte parágrafo: "O olhador sente o prazer de novas associações de coisas, animais e pessoas; e esse prazer é poético. Quem disse que a poesia anda desvalorizada? A bossa dos anúncios prova o contrário. E ao vender-nos qualquer mercadoria, eles nos dão de presente 'algo mais', que é produto da imaginação e tem serventia, como as coisas concretas, que também de pão abstrato se nutre o homem."

Estava começando este parágrafo com "talvez uma das maiores funções da crônica seja levar este pão abstrato, quentinho, todas as manhãs, à casa dos leitores", mas logo apaguei. Falar em "função" de qualquer forma de arte é apequená-la – Paulo Leminski chamava poesia de "inutensílio". Ponhamos de outro modo: talvez uma das maiores virtudes da crônica seja levar este pão abstrato, quentinho, todas as manhãs, à casa dos leitores. É apontar este "algo mais" por trás das "coisas concretas" e reencantar um pouco nosso mundo tão árido. (Rubem Braga também fez a analogia entre o cronista e o padeiro.)

Numa crônica em versos sobre a Copa de 1970, Drummond diz o seguinte: "De repente o Brasil ficou unido / contente de existir, trocando a morte / o ódio, a pobreza, a doença, o atraso triste / por um momento puro de grandeza / e afirmação no esporte. / Vencer com honra e graça / com beleza e humildade / é ser maduro e merecer a vida, / ato de criação, ato de amor. / A Zagallo, zagal prudente / e a seus homens de campo e bastidor / fica devendo a minha gente / este minuto de felicidade." A Drummond "fica devendo a minha gente" estas páginas de "honra e graça", "beleza", "humildade" e "felicidade".

CRONOLOGIA
NA ÉPOCA DO LANÇAMENTO
(1969-1975)

1969

CDA:

– Deixa o *Correio da Manhã* e passa a colaborar no *Jornal do Brasil*.
– Publica *Reunião: 10 livros de poesia*, pela Editora José Olympio.
– Acolhe em seu apartamento duas sobrinhas, que vinham sendo seguidas pelos órgãos de repressão política em Belo Horizonte.
– Traduz as letras de seis canções do "álbum branco" dos Beatles, publicadas na revista *Realidade*.

Literatura brasileira:

– É publicado postumamente o livro de contos *Estas estórias*, de João Guimarães Rosa.
– Clarice Lispector publica o romance *Uma aprendizagem ou O livro dos prazeres*.
– Paulo Mendes Campos publica o livro de crônicas *O anjo bêbado*.
– Adonias Filho publica a crítica literária *O romance brasileiro de 30*.
– Osman Lins publica o ensaio *Guerra sem testemunha: o escritor, sua condição e a realidade social*.
– Antonio Callado publica o livro-reportagem *Vietnã do Norte*.
– Rubem Fonseca publica o livro de contos *Lúcia McCartney*.

– Nélida Piñon publica o romance *Fundador*.
– Hilda Hilst publica o livro de poemas *Amado Hilst*.

Vida nacional:

– Lançado o semanário *O Pasquim*, no Rio de Janeiro.
– O general Emílio Garrastazu Médici assume a presidência da República. Têm início os "anos de chumbo" da ditadura brasileira.
– Governo militar aprova nova Lei de Segurança Nacional, com pena de morte e prisão perpétua.
– Diversos intelectuais e professores são aposentados compulsoriamente e proibidos de exercer qualquer atividade profissional. Noventa e três deputados são cassados.
– Dissidências políticas formam grupos armados e iniciam a guerrilha urbana.
– O líder guerrilheiro Carlos Marighella é assassinado em São Paulo.
– O capitão Lamarca abandona o Exército, foge com um arsenal de armas e inicia a guerrilha no Vale da Ribeira, em São Paulo.
– Charles Burke Elbrick, embaixador dos Estados Unidos sequestrado pela guerrilha, é libertado em troca de quinze presos políticos.
– Criação do Centro Brasileiro de Análise e Planejamento (Cebrap), em São Paulo.
– Fundada a Empresa Brasileira de Aeronáutica (Embraer).
– Criação da Embrafilme em substituição ao Instituto Nacional do Cinema.
– Entra no ar o *Jornal Nacional*, da TV Globo.
– Diversos artistas são compelidos a exilar-se, entre eles Chico Buarque, Caetano Veloso e Gilberto Gil.
– No Maracanã, Pelé faz seu milésimo gol. Drummond escreve: "O difícil, o extraordinário, não é fazer mil gols, como Pelé. É fazer um gol como Pelé."

Mundo:

– Em 20 de julho, os astronautas americanos Neil Armstrong e Michael Collins chegam à Lua e deixam uma placa: "Foi aqui que os

seres humanos do planeta Terra puseram, pela primeira vez, os pés na Lua, em 1969 d. C. Nós viemos em paz, por toda a humanidade."
– Realização do Festival de Woodstock, reunindo 500 mil jovens numa fazenda em Nova York.
– Georges Pompidou é eleito presidente da França.
– Richard Nixon assume a presidência dos Estados Unidos.

1970

CDA:

– Publica *Caminhos de João Brandão,* pela Editora José Olympio.
– Publica o conto "Meu companheiro" na *Antologia de contos brasileiros de bichos,* organizada por Hélio Pólvora e Cyro de Mattos, pela Editora Bloch.
– Publicada em Cuba a coletânea *Poemas*, com introdução, seleção e notas de Muñoz-Unsain, pela Casa de las Américas.

Literatura brasileira:

– É publicado postumamente o livro de contos *Ave, palavra,* de João Guimarães Rosa.
– Armando Freitas Filho publica o livro de poemas *Marca registrada.*
– Alfredo Bosi publica *História concisa da literatura brasileira.*
– Augusto de Campos publica o livro de poemas *Equivocábulos.*
– Lygia Fagundes Telles publica o livro de contos *Antes do baile verde.*
– Murilo Mendes publica o livro de poemas *Convergência.*
– Menotti del Picchia inicia a publicação de seu livro de memórias, *A longa viagem,* em dois volumes.
– Caio Fernando Abreu publica o romance *Limite branco* e o livro de contos *Inventário do irremediável.*

Vida nacional:

– Brasil vence a Itália e torna-se tricampeão mundial de futebol. "Que é de meu coração? Está no México, / voou certeiro, sem me consultar,

/ (...) / e vira coração de torcedor, / torce, retorce e se distorce todo, / grita: Brasil! com fúria e com amor" (do poema "Copa do Mundo de 70", em *Versiprosa*).

– Durante o governo do general Emílio Garrastazu Médici, o embaixador da Suíça, Giovanni Enrico Bucher, é sequestrado pela Vanguarda Popular Revolucionária (VPR), no Rio de Janeiro. Sua libertação se dá em troca do exílio, no Chile, de setenta presos políticos da ditadura militar brasileira.

– O Esquadrão da Morte é organizado clandestinamente pelas forças da repressão para eliminar adversários da ditadura.

– Criação do Movimento Brasileiro de Alfabetização (Mobral), voltado para a escolarização de adultos. Os gastos do Governo Federal com educação caem de 11,2%, em 1962, para 5,4%.

– Decretada a censura prévia a jornais, revistas, livros, músicas, filmes e peças de teatro, com o intuito de impedir a divulgação de ideias contrárias "à moral e aos bons costumes".

– A repressão política recrudesce com prisão e assassinato de líderes sindicais, dirigentes políticos, padres e estudantes.

– Criação do Instituto Nacional de Colonização e Reforma Agrária (Incra).

– Surge o "cinema marginal", uma reação contra a intolerância política e a opressão cultural.

Mundo:

– Salvador Allende é eleito presidente do Chile.

– O general Marcelo Roberto Levingston assume a presidência da República Argentina, ao derrubar o general Juan Carlos Onganía.

– É anunciada oficialmente a separação dos Beatles.

– Anwar Sadat é eleito presidente do Egito.

– O cônsul brasileiro Aloysio Dias Gomide é sequestrado em Montevidéu pelo grupo guerrilheiro Tupamaros.

– O ex-presidente da República Argentina, general Pedro Eugenio Aramburu, é sequestrado, julgado e executado pelo grupo terrorista Montoneros.

1971

CDA:

– Publicação da *Seleta em prosa e verso*, com estudo e notas de Gilberto Mendonça Teles, pela Editora José Olympio.
– Participa da coletânea, lançada pela Editora Sabiá, *Elenco de cronistas modernos*, com Clarice Lispector, Fernando Sabino, Manuel Bandeira, Paulo Mendes Campos, Rachel de Queiroz e Rubem Braga.
– Participa, com o texto "Um escritor nasce e morre", do livro *An Anthology of Brazilian Prose*, lançado pela Editora Ática.

Literatura brasileira:

– Antonio Callado publica o romance *Bar Don Juan*.
– Erico Verissimo publica o romance *Incidente em Antares*.
– João Ubaldo Ribeiro publica o romance *Sargento Getúlio*.
– Adonias Filho publica o romance *Luanda Beira Bahia*.
– Ariano Suassuna publica *O Romance d'A Pedra do Reino e o Príncipe do Sangue do Vai-e-Volta*.
– Clarice Lispector publica o livro de contos *Felicidade clandestina*.
– José Cândido de Carvalho publica o livro de contos *Porque Lulu Bergantim não atravessou o Rubicon*.

Vida nacional:

– O governo do general Médici decide baixar decretos "secretos".
– Inaugurado, pela Embratel, o serviço de DDD (discagem direta a distância).
– Governo implanta nas escolas o ensino obrigatório da matéria Educação Moral e Cívica.
– O deputado Rubens Paiva é sequestrado e morto pelas forças da repressão.
– A Marinha do Brasil instala na Ilha das Flores, no Rio de Janeiro, centro de treinamento para agentes especializados em técnicas de interrogatório e de tortura de presos políticos.

– O capitão Lamarca é morto no sertão da Bahia, e sua namorada, Iara Iavelberg, em Salvador.
– Em desfile de moda no Consulado do Brasil em Nova Iorque, a estilista Zuzu Angel denuncia a tortura e o assassinato de seu filho, Stuart Angel.
– Em jogo realizado no Maracanã, Pelé se despede da Seleção Brasileira.

Mundo:

– Em Washington, protesto de 500 mil pessoas contra a guerra do Vietnã.
– China ingressa na Organização das Nações Unidas (ONU).
– Governo de Salvador Allende nacionaliza as minas de cobre chilenas.
– Suíça realiza plebiscito, só de homens, garantindo o direito de voto às mulheres.
– Os setores ocidental e oriental de Berlim reestabelecem a comunicação por telefone, interrompida em 1950.
– A Organização dos Países Exportadores de Petróleo (OPEP) decide fixar unilateralmente o preço do produto.
– O general Alejandro Augustín Lanusse assume a presidência da República Argentina, ao derrubar o general Roberto Marcelo Levingston.
– O poeta chileno Pablo Neruda recebe o Prêmio Nobel de Literatura.

1972

CDA:

– Suplementos dos principais jornais brasileiros celebram os 70 anos de Drummond.
– É publicado, pela editora Diagraphis, *D. Quixote Cervantes Portinari Drummond*, com 21 desenhos de Candido Portinari e glosas de

Carlos Drummond de Andrade, depois incluídas no livro *As impurezas do branco*, de 1973.
– Viaja a Buenos Aires com a esposa para visitar a família Maria Julieta, sua filha.
– Publica *O poder ultrajovem*, pela Editora José Olympio.

Literatura brasileira:

– Jorge Amado publica o romance *Tereza Batista cansada de guerra*.
– Antônio Torres publica o romance *Um cão uivando para a lua*.
– Nélida Piñon publica o romance *A casa da paixão*.
– Pedro Nava publica *Baú de ossos*, primeiro volume de suas memórias.
– José Cândido de Carvalho publica o livro de contos *Um ninho de mafagafes cheio de mafagafinhos* e o de crônicas *Ninguém mata o arco-íris*.
– Murilo Mendes publica o livro de poemas *Poliedro*.

Vida nacional:

– Primeira exibição da TV em cores no Brasil.
– As Forças Armadas derrotam a guerrilha do Araguaia.
– Lançamento do semanário *Opinião*, editado por Fernando Gasparian, de oposição à ditadura militar.
– Inaugurada, em Brasília, a Escola Nacional de Informações do Serviço Nacional de Informações (SNI).
– Na comemoração do Sesquicentenário da Independência, os restos mortais de D. Pedro I são transferidos de Lisboa para o Museu do Ipiranga, em São Paulo.
– O piloto brasileiro Emerson Fittipaldi sagra-se campeão mundial de Fórmula 1 pela primeira vez.
– O enxadrista brasileiro Henrique Mecking (Mequinho) recebe o título de Grande Mestre Internacional.
– O cantor e compositor Caetano Veloso retorna ao Brasil, após exílio em Londres.

– Petrobras inaugura a maior refinaria de petróleo do país, em Paulínia (SP).
– O Brasil ultrapassa os 100 milhões de habitantes.
– Inauguração de trecho da Rodovia Transamazônica, pelo presidente Médici.

Mundo:

– Grupo terrorista Setembro Negro, ligado à Organização para a Libertação da Palestina (OLP), promove massacre de atletas israelenses na Olimpíada de Munique, na Alemanha.
– Estoura o escândalo político de Watergate, nos EUA, que levará à renúncia do presidente Nixon em 1974.
– Terremoto na Nicarágua causa 10 mil mortes.

1973

CDA:

– Publica *As impurezas do branco,* que receberá, em 1974, o prêmio de melhor livro de poesia do ano, da Associação Paulista de Críticos de Arte (APCA).
– Publica *Menino antigo (Boitempo II),* pela Editora José Olympio e Instituto Nacional do Livro (INL).
– Publicação de *La bolsa & la vida,* em Buenos Aires, com tradução de María Rosa Oliver, pela Ediciones de la Flor.
– Publicação, em Paris, da coletânea *Réunion,* com tradução de Jean-Michel Massa, pela Editora Aubier-Montaigne.

Literatura brasileira:

– Chico Buarque de Holanda e Ruy Guerra publicam a peça *Calabar, o elogio da traição,* que teve sua encenação proibida pela ditadura.
– É exibida a telenovela *O Bem-Amado,* de Dias Gomes, grande êxito da TV brasileira, posteriormente transformada em livro e filme.

- Lygia Fagundes Telles publica o romance *As meninas*.
- Osman Lins publica o romance *Avalovara*.
- Clarice Lispector publica o romance *Água viva* e o livro de contos *A imitação da rosa*.
- Carlos Heitor Cony publica o romance *Pilatos*.
- Antônio Torres publica o romance *Os homens dos pés redondos*.
- Rubem Fonseca publica o romance *O caso Morel* e o livro de contos *O homem de fevereiro ou março*.
- Nélida Piñon publica o livro de contos *Sala de armas*.
- Adonias Filho publica o ensaio *Estradas do Brasil*.
- Murilo Mendes publica o livro de poemas *Retratos-relâmpago — 1ª série*.
- Mário Quintana publicada o livro de poemas *Caderno H*.

Vida nacional:

- O deputado federal Ulysses Guimarães se apresenta como "anticandidato" à presidência da República.
- Realiza-se a primeira edição do Festival de Cinema de Gramado. O premiado foi Arnaldo Jabor, com o filme *Toda nudez será castigada*.
- O crescimento da economia brasileira vai de 10,4% em 1970 a 13,9% em 1973. É o chamado "milagre econômico", ostensivamente exaltado nos meios de comunicação com o slogan oficial "Pra frente, Brasil".
- O cacique Mário Juruna surge no cenário político e, mais tarde, em 1982, elege-se deputado federal pelo Partido Democrático Trabalhista (PDT).
- Dom Paulo Evaristo Arns é feito Cardeal de São Paulo pelo Papa Paulo VI.
- Governo Federal sanciona o Estatuto do Índio.

Mundo:

- Em cumprimento do Acordo de Paris, os Estados Unidos retiram suas tropas da Guerra do Vietnã, que chegará ao fim em 1975.
- Governo uruguaio, com apoio dos militares, dá golpe de estado, fechando o Senado e a Câmara dos Deputados.

– Juan Domingo Perón volta a residir na Argentina, após 18 anos de exílio, e acaba por assumir, pela terceira vez, a presidência da República.
– Liderado pelo general Augusto Pinochet, golpe militar no Chile derruba o presidente Salvador Allende.
– O aborto é legalizado nos EUA.
– Estoura a Guerra do Yom Kipur, ou Guerra Árabe-Israelense, com o ataque da Síria e do Egito a Israel, que vence o confronto.
– Fome mata mais de 100 mil pessoas na Etiópia.
– Falecem os "três grandes Pablos": Picasso, em 8 de abril; Neruda, em 23 de setembro, e o violoncelista Casals, em 22 de outubro.

1974

CDA:

– Lançamento do documentário *O fazendeiro do ar*, sobre Drummond, de David Neves e Fernando Sabino.
– Torna-se membro honorário da Association of Teachers of Spanish and Portuguese, nos Estados Unidos.
– Publica *De notícias & não notícias faz-se a crônica*, pela Editora José Olympio.
– Concede a Fernando Sabino uma entrevista publicada na *Revista de Cultura Brasileña* (Madri), n. 38, de dezembro, sob o título "Habla el poeta de nuestro tiempo".

Literatura brasileira:

– Augusto de Campos publica, em colaboração com Julio Plaza, o livro de poemas-objetos *Poemóbiles*.
– Hilda Hilst publica o livro de poemas *Júbilo, memória, noviciado da paixão*.
– Nélida Piñon publica o romance *Tebas do meu coração*.
– Clarice Lispector publica os romances *A via-crúcis do corpo* e *Onde estivestes de noite*.

– Caio Fernando Abreu publica o romance *Ovelhas negras*.
– O poeta Cacaso publica o livro *Grupo escolar*.
– João Ubaldo Ribeiro publica o livro de contos *Vencecavalo e o outro povo*.
– Murilo Rubião publica os livros de contos *O pirotécnico Zacarias* e *O convidado*.
– É publicado na Itália o livro *Marrakech*, com litografias de G. I. Giovannola sobre um texto poético de Murilo Mendes.

Vida nacional:

– O general Ernesto Geisel assume a presidência da República.
– Inauguração da Ponte Rio–Niterói.
– Inauguração do Metrô de São Paulo.
– Criação da empresa Companhia Binacional de Itaipu, para a construção da maior hidrelétrica brasileira, na fronteira com o Paraguai.
– Realização de eleições parlamentares, com a vitória de 75 deputados federais e 16 senadores de oposição ao governo militar.
– O deputado federal Teotônio Vilela percorre o país numa cruzada cívica em defesa da anistia, da democracia e da justiça social.
– Incêndio do edifício Joelma, em São Paulo, causa 188 mortos.
– Passa a vigorar o novo Código de Processo Civil.
– Início da censura prévia no rádio e na televisão.
– Petrobras descobre petróleo na bacia de Campos (RJ).

Mundo:

– No dia 25 de abril, a Revolução dos Cravos põe fim à ditadura em Portugal.
– Com a morte do general Perón, sua esposa, a vice-presidente María Estela Martínez de Perón, Isabelita, assume o poder na Argentina.
– Brasil reestabelece relações diplomáticas com a China.

1975

CDA:

– Publica, pela Editora Alumbramento, o livro de poemas *Amor, amores*, ilustrado por Carlos Leão.
– Recebe o Prêmio Nacional Walmap de Literatura.
– Recusa, por motivo políticos, o Prêmio Brasília de Literatura, da Fundação Cultural do Distrito Federal.
– Diante da morte de seu amigo escritor, publica o poema "A falta de Erico Verissimo": "Falta alguma coisa no Brasil (...) / Falta uma tristeza de menino bom (...) / Falta um boné, aquele jeito manso (...) / Falta um solo de clarineta."
– Publica o texto "O que se passa na cama", no *Livro de cabeceira do homem*, v. 1, pela Editora Civilização Brasileira.

Literatura brasileira:

– Ferreira Gullar publica a coletânea de poemas *Dentro da noite veloz*.
– Armando Freitas Filho publica o livro de poemas *De corpo presente*.
– O sociólogo Florestan Fernandes publica *Revolução burguesa no Brasil*.
– Odete Lara publica *Eu nua*, sua autobiografia.
– João Cabral de Melo Neto publica o livro de poemas *Museu de tudo*.
– João Antônio publica o livro de contos *Leão de chácara*.
– Lançamento do *Novo Dicionário Brasileiro da Língua Portuguesa*, por Aurélio Buarque de Holanda Ferreira.
– Caio Fernando Abreu publica o livro de contos *O ovo apunhalado*.
– Adonias Filho publica o romance *As velhas*.
– Osman Lins publica a peça *Santa, automóvel e o soldado*.
– Rubem Fonseca publica o livro de contos *Feliz ano novo*.

Vida nacional:

– O jornalista Vladimir Herzog é encontrado morto no DOI-Codi, em São Paulo. Sua morte provoca grande manifestação pública contra a ditadura, na Praça da Sé.

– Fusão dos estados da Guanabara, antigo Distrito Federal, e do Rio de Janeiro, formando uma só unidade federativa.

– O movimento negro se fortalece nas principais cidades, particularmente em São Paulo, Rio de Janeiro, Belo Horizonte e Porto Alegre, com congressos, jornais e vitórias em eleições.

– Firmado o Tratado de Cooperação Nuclear entre Brasil e Alemanha.

– Governo lança o Plano Nacional de Cultura, submetendo as atividades do setor à Política de Segurança Nacional.

– Criação do Programa Nacional do Álcool (Proálcool).

Mundo:

– Morre o ditador Francisco Franco e o príncipe Juan Carlos é proclamado rei da Espanha.

– Fim da guerra do Vietnã, com a vitória do Vietnã do Norte e a reunificação do país, tendo Hanói como capital.

– Angola proclama sua independência. A ex-colônia portuguesa passa a chamar-se República Popular de Angola, cujo primeiro presidente é o poeta Agostinho Neto.

– Golpe militar no Peru derruba o general Alvarado, assumindo o poder o general Francisco Morales Bermúdez.

– Pol Pot assume o poder no Camboja, dando início a uma ditadura genocida.

– A empresa Microsoft é fundada, em Albuquerque (EUA), por Bill Gates e Paul Allen.

BIBLIOGRAFIA DE
CARLOS DRUMMOND DE ANDRADE

POESIA:

Alguma poesia. Belo Horizonte: Edições Pindorama, 1930.
Brejo das almas. Belo Horizonte: Os Amigos do Livro, 1934.
Sentimento do mundo. Rio de Janeiro: Pongetti, 1940.
Poesias. Rio de Janeiro: José Olympio, 1942. [*Alguma poesia, Brejo das almas, Sentimento do mundo, José.*]*
A rosa do povo. Rio de Janeiro: José Olympio, 1945.
Poesia até agora. Rio de Janeiro: José Olympio, 1948. [*Alguma poesia, Brejo das almas, Sentimento do mundo, José, A rosa do povo, Novos poemas.*]
Claro enigma. Rio de Janeiro: José Olympio, 1951.
Viola de bolso. Rio de Janeiro: Serviço de Documentação do MEC, 1952.
Fazendeiro do ar & Poesia até agora. Rio de Janeiro: José Olympio, 1954.
Viola de bolso novamente encordoada. Rio de Janeiro: José Olympio, 1955.
50 poemas escolhidos pelo autor. Rio de Janeiro: Serviço de Documentação do MEC, 1956.
Poemas. Rio de Janeiro: José Olympio, 1959. [*Alguma poesia, Brejo das almas, Sentimento do mundo, José, A rosa do povo, Novos poemas, Claro enigma, Fazendeiro do ar e A vida passada a limpo.*]

* A presente bibliografia de Carlos Drummond de Andrade restringe-se às primeiras edições de seus livros, excetuando obras renomeadas. Nos casos em que os livros não tiveram primeira edição independente, os respectivos títulos aparecem entre colchetes juntamente com os demais a compor a coletânea na qual vieram a público pela primeira vez. [N. do E.]

Antologia poética. Rio de Janeiro: Editora do Autor, 1962.
Lição de coisas. Rio de Janeiro: José Olympio, 1962.
José & outros. Rio de Janeiro: José Olympio, 1967. [*José, Novos poemas, Fazendeiro do ar, A vida passada a limpo, 4 poemas, Viola de bolso II.*]
Versiprosa. Rio de Janeiro: José Olympio, 1967.
Boitempo & A falta que ama. [*(In) Memória – Boitempo I.*] Rio de Janeiro: Sabiá, 1968.
Reunião: 10 livros de poesia. Introdução de Antonio Houaiss. Rio de Janeiro: José Olympio, 1969. [*Alguma poesia, Brejo das almas, Sentimento do mundo, José, A rosa do povo, Novos poemas, Claro enigma, Fazendeiro do ar, A vida passada a limpo, Lição de coisas e 4 poemas.*]
As impurezas do branco. Rio de Janeiro: José Olympio, 1973.
Menino antigo (Boitempo II). Rio de Janeiro: José Olympio; Brasília: Instituto Nacional do Livro, 1973.
Esquecer para lembrar (Boitempo III). Rio de Janeiro: José Olympio, 1979.
A paixão medida. Ilustrações de Emeric Marcier. Rio de Janeiro: Alumbramento, 1980.
Nova reunião: 19 livros de poesia. 2 vols. Rio de Janeiro: José Olympio; Brasília: Instituto Nacional do Livro, 1983.
O elefante. Ilustrações de Regina Vater. Rio de Janeiro: Record, 1983.
Corpo. Ilustrações de Carlos Leão. Rio de Janeiro: Record, 1984.
Amar se aprende amando. Capa de Anna Leticya. Rio de Janeiro: Record, 1985.
Boitempo I e II. Rio de Janeiro: Record, 1987.
Poesia errante: derrames líricos (e outros nem tanto, ou nada). Rio de Janeiro: Record, 1988.
O amor natural. Ilustrações de Milton Dacosta. Rio de Janeiro: Record, 1992.
Farewell. Vinhetas de Pedro Augusto Graña Drummond. Rio de Janeiro: Record, 1996.
Poesia completa: volume único. Fixação de texto e notas de Gilberto Mendonça Teles. Introdução de Silviano Santiago. Rio de Janeiro: Nova Aguilar, 2002.

Declaração de amor, canção de namorados. Organização de Pedro Augusto Graña Drummond e Luis Mauricio Graña Drummond. Rio de Janeiro: Record, 2005.
Versos de circunstância. Organização de Eucanaã Ferraz. São Paulo: Instituto Moreira Salles, 2011.
Nova reunião: 23 livros de poesia. 3 vols. Rio de Janeiro: BestBolso, 2013.

CONTO:

O gerente. Rio de Janeiro: Horizonte, 1945.
Contos de aprendiz. Rio de Janeiro: José Olympio, 1951.
70 historinhas. Rio de Janeiro: José Olympio, 1978.
Contos plausíveis. Ilustrações de Irene Peixoto e Márcia Cabral. Rio de Janeiro: José Olympio; Editora JB, 1981.
Histórias para o rei. Rio de Janeiro: Record, 1997.

CRÔNICA:

Fala, amendoeira. Rio de Janeiro: José Olympio, 1957.
A bolsa & a vida. Rio de Janeiro: Editora do Autor, 1962.
Para gostar de ler. Com Fernando Sabino, Paulo Mendes Campos e Rubem Braga. Rio de Janeiro: Editora do Autor, 1962.
Quadrante. Com Cecília Meireles, Dinah Silveira de Queiroz, Fernando Sabino, Manuel Bandeira, Paulo Mendes Campos e Rubem Braga. Rio de Janeiro: Editora do Autor, 1962.
Quadrante II. Com Cecília Meireles, Dinah Silveira de Queiroz, Fernando Sabino, Manuel Bandeira, Paulo Mendes Campos e Rubem Braga. Rio de Janeiro: Editora do Autor, 1962.
Cadeira de balanço. Rio de Janeiro: José Olympio, 1966.
Caminhos de João Brandão. Rio de Janeiro: José Olympio, 1970.
O poder ultrajovem. Rio de Janeiro: José Olympio, 1972.
De notícias & não notícias faz-se a crônica: histórias, diálogos, divagações. Rio de Janeiro: José Olympio, 1974.
Os dias lindos. Rio de Janeiro: José Olympio, 1977.

Crônica das favelas cariocas. Rio de Janeiro: [edição particular], 1981.
Boca de luar. Rio de Janeiro: Record, 1984.
Crônicas 1930-1934. Crônicas de Drummond assinadas com os pseudônimos Antônio Crispim e Barba Azul. *Revista do Arquivo Público Mineiro*, Belo Horizonte, ano XXXV, 1984.
Moça deitada na grama. Rio de Janeiro: Record, 1987.
Autorretrato e outras crônicas. Seleção de Fernando Py. Rio de Janeiro: Record, 1989.
Quando é dia de futebol. Organização de Pedro Augusto Graña Drummond e Luis Mauricio Graña Drummond. Rio de Janeiro: Record, 2002.
Receita de Ano Novo. Organização de Pedro Augusto Graña Drummond e Luis Mauricio Graña Drummond. Ilustrações de Mariana Massarani. Rio de Janeiro: Record, 2008.

OBRA REUNIDA:

Obra completa. Estudo crítico de Emanuel de Moraes, fortuna crítica, cronologia e bibliografia. Rio de Janeiro: Nova Aguilar, 1964.
Poesia completa e prosa. Estudo crítico de Emanuel de Moraes, fortuna crítica, cronologia e bibliografia. Rio de Janeiro: Nova Aguilar, 1973.
Poesia e prosa. Estudo crítico de Emanuel de Moraes, fortuna crítica, cronologia e bibliografia. Rio de Janeiro: Nova Aguilar, 1979.

ENSAIO E CRÍTICA:

Confissões de Minas. Rio de Janeiro: Americ-Edit, 1944.
García Lorca e a cultura espanhola. Rio de Janeiro: Ateneu Garcia Lorca, 1946.
Passeios na ilha: divagações sobre a vida literária e outras matérias. Rio de Janeiro: Simões, 1952.
O observador no escritório. Rio de Janeiro: Record, 1985.
O avesso das coisas: aforismos. Ilustrações de Jimmy Scott. Rio de Janeiro: Record, 1987.

Conversa de livraria 1941 e 1948. Reunião de textos assinados sob os pseudônimos de O Observador Literário e Policarpo Quaresma, Neto. Porto Alegre: AGE; São Paulo: Giordano, 2000.

Amor nenhum dispensa uma gota de ácido: escritos de Carlos Drummond de Andrade sobre Machado de Assis. Organização de Hélio de Seixas Guimarães. São Paulo: Três Estrelas, 2019.

INFANTIL:

O pipoqueiro da esquina. Ilustrações de Ziraldo. Rio de Janeiro: Codecri, 1981.

História de dois amores. Ilustrações de Ziraldo. Rio de Janeiro: Record, 1985.

O sorvete e outras histórias. São Paulo: Ática, 1993.

A cor de cada um. Rio de Janeiro: Record, 1996.

A senha do mundo. Rio de Janeiro: Record, 1996.

Criança dagora é fogo. Rio de Janeiro: Record, 1996.

Vô caiu na piscina. Rio de Janeiro: Record, 1996.

Rick e a girafa. Ilustrações de Maria Eugênia. São Paulo: Ática, 2001.

Menino Drummond. Ilustrações de Angela Lago. São Paulo: Companhia das Letrinhas, 2021.

BIBLIOGRAFIA SOBRE CARLOS DRUMMOND DE ANDRADE (SELETA)

ACHCAR, Francisco. *A rosa do povo & Claro enigma*: roteiro de leitura. São Paulo: Ática, 1993.
AGUILERA, Maria Veronica Silva Vilariño. *Carlos Drummond de Andrade*: a poética do cotidiano. Rio de Janeiro: Expressão e Cultura, 2002.
AMZALAK, José Luiz. *De Minas ao mundo vasto mundo*: do provinciano ao universal na poética de Carlos Drummond de Andrade. São Paulo: Navegar, 2003.
ANDRADE, Carlos Drummond; SARAIVA, Arnaldo (orgs.). *Uma pedra no meio do caminho*: biografia de um poema. Apresentação de Arnaldo Saraiva. Rio de Janeiro: Editora do Autor, 1967.
ARQUIVO-MUSEU DE LITERATURA BRASILEIRA. *Inventário do Arquivo Carlos Drummond de Andrade*. Apresentação de Eliane Vasconcelos. Rio de Janeiro: Fundação Casa de Rui Barbosa, 1998.
ARRIGUCCI JR., Davi. *Coração partido*: uma análise da poesia reflexiva de Drummond. São Paulo: Cosac Naify, 2002.
BARBOSA, Rita de Cássia. *Poemas eróticos de Carlos Drummond de Andrade*. São Paulo: Ática, 1987.
BISCHOF, Betina. *Razão da recusa*: um estudo da poesia de Carlos Drummond de Andrade. São Paulo: Nankin, 2005.
BOSI, Alfredo. *Três leituras*: Machado, Drummond, Carpeaux. São Paulo: 34, 2017.
BRASIL, Assis. *Carlos Drummond de Andrade*: ensaio. Rio de Janeiro: Livros do Mundo Inteiro, 1971.
BRAYNER, Sônia (org.). *Carlos Drummond de Andrade*. Coleção Fortuna Crítica 1. Rio de Janeiro: Civilização Brasileira, 1977.
CAMILO, Vagner. *Drummond*: da rosa do povo à rosa das trevas. São Paulo: Ateliê, 2001.

CAMINHA, Edmílson (org.). *Drummond*: a lição do poeta. Teresina: Corisco, 2002.

_____. *O poeta Carlos & outros Drummonds*. Brasília: Thesaurus, 2017.

CAMPOS, Haroldo de. *A máquina do mundo repensada*. São Paulo: Ateliê, 2000.

CAMPOS, Maria José. *Drummond e a memória do mundo*. Belo Horizonte: Anome Livros, 2010.

CANÇADO, José Maria. *Os sapatos de Orfeu*: biografia de Carlos Drummond de Andrade. São Paulo: Scritta, 1993.

CARVALHO, Leda Maria Lage. *O afeto em Drummond*: da família à humanidade. Itabira: Dom Bosco, 2007.

CHAVES, Rita. *Carlos Drummond de Andrade*. São Paulo: Scipione, 1993.

COÊLHO, Joaquim-Francisco. *Terra e família na poesia de Carlos Drummond de Andrade*. Belém: Universidade Federal do Pará, 1973.

CORREIA, Marlene de Castro. *Drummond*: a magia lúcida. Rio de Janeiro: Jorge Zahar, 2002.

COSTA, Francisca Alves Teles. *O constante diálogo na poesia de Carlos Drummond de Andrade*. Fortaleza: Secretaria de Cultura e Desporto, 1987.

COUTO, Ozório. *A mesa de Carlos Drummond de Andrade*. Ilustrações de Yara Tupynambá. Belo Horizonte: ADI Edições, 2011.

CRUZ, Domingos Gonzalez. *No meio do caminho tinha Itabira*: a presença de Itabira na obra de Carlos Drummond de Andrade. Rio de Janeiro: Achiamé; Calunga, 1980.

CUNHA, Maria Antonieta Antunes. *O discurso indireto livre em Carlos Drummond de Andrade*. Belo Horizonte: Imprensa Oficial, 1971.

_____. *Carlos Drummond de Andrade*. São Paulo: Moderna, 2006.

CURY, Maria Zilda Ferreira. *Horizontes modernistas*: o jovem Drummond e seu grupo em papel jornal. Belo Horizonte: Autêntica, 1998.

DALL'ALBA, Eduardo. *Drummond*: a construção do enigma. Caxias do Sul: EDUCS, 1998.

_____. *Noite e música na poesia de Carlos Drummond de Andrade*. Porto Alegre: AGE, 2003.

DIAS, Márcio Roberto Soares. *Da cidade ao mundo*: notas sobre o lirismo urbano de Carlos Drummond de Andrade. Vitória da Conquista: Edições UESB, 2006.

FERREIRA, Diva. *De Itabira... um poeta*. Itabira: Saitec Editoração, 2004.

GALDINO, Márcio da Rocha. *O cinéfilo anarquista*: Carlos Drummond de Andrade e o cinema. Belo Horizonte: BDMG, 1991.

GARCIA, Nice Seródio. *A criação lexical em Carlos Drummond de Andrade*. Rio de Janeiro: Rio, 1977.

GARCIA, Othon Moacyr. *Esfinge clara*: palavra-puxa-palavra em Carlos Drummond de Andrade. Rio de Janeiro: São José, 1955.

GLEDSON, John. *Poesia e poética de Carlos Drummond de Andrade*. Tradução do autor. São Paulo: Duas Cidades, 1982.

_____. *Influências e impasses: Drummond e alguns contemporâneos*. São Paulo: Companhia das Letras, 2003.

GUIMARÃES, Júlio Castañon. *Distribuição de papéis*: Murilo Mendes escreve a Carlos Drummond de Andrade e a Lúcio Cardoso. Rio de Janeiro: Fundação Casa de Rui Barbosa, 1996.

GUIMARÃES, Raquel Beatriz Junqueira. *Pedro Nava, leitor de Drummond*. Campinas: Pontes, 2002.

HOUAISS, Antonio. *Drummond mais seis poetas e um problema*. Rio de Janeiro: Imago, 1976.

INOJOSA, Joaquim. *Os Andrades e outros aspectos do Modernismo*. Rio de Janeiro: Civilização Brasileira, 1975.

KINSELLA, John. *Diálogo de conflito*: a poesia de Carlos Drummond de Andrade. Natal: Editora da UFRN, 1995.

LAUS, Lausimar. *O mistério do homem na obra de Drummond*. Rio de Janeiro: Tempo Brasileiro; Brasília: Instituto Nacional do Livro, 1978.

LIMA, Mirella Vieira. *Confidência mineira*: o amor na poesia de Carlos Drummond de Andrade. Campinas: Pontes; São Paulo: EDUSP, 1995.

LINHARES FILHO. *O amor e outros aspectos em Drummond*. Fortaleza: Editora UFC, 2002.

LOPES, Carlos Herculano. *O vestido*. São Paulo: Geração Editorial, 2004.

LUCAS, Fábio. *O poeta e a mídia*: Carlos Drummond de Andrade e João Cabral de Melo Neto. São Paulo: Senac, 2003.

MAIA, Maria Auxiliadora. *Viagem ao mundo gauche de Drummond*. Salvador: Edição da autora, 1984.

MALARD, Letícia. *No vasto mundo de Drummond*. Belo Horizonte: Editora UFMG, 2005.

MARIA, Luzia de. *Drummond*: um olhar amoroso. Rio de Janeiro: Léo Christiano Editorial, 1998.

MARQUES, Ivan. *Cenas de um modernismo de província*: Drummond e outros rapazes de Belo Horizonte. São Paulo: 34, 2011.

MARTINS, Hélcio. *A rima na poesia de Carlos Drummond de Andrade*. Introdução de Antonio Houaiss. Rio de Janeiro: José Olympio, 1968.

MARTINS, Maria Lúcia Milléo. *Duas artes*: Carlos Drummond de Andrade e Elizabeth Bishop. Belo Horizonte: Editora UFMG, 2006.

MELO, Tarso de; STERZI, Eduardo. *7 X 2 (Drummond em retrato)*. Santo André: Alpharrabio, 2002.

MERQUIOR, José Guilherme. *Verso universo em Drummond*. Tradução de Marly de Oliveira. Rio de Janeiro: José Olympio, 1975.

MICELI, Sergio. Lira mensageira: Drummond e o grupo modernista mineiro. São Paulo: Todavia, 2022.

MONTEIRO, Salvador; KAZ, Leonel (orgs.). *Drummond frente e verso*: fotobiografia de Carlos Drummond de Andrade. Rio de Janeiro: Alumbramento; Livroarte, 1989.

MORAES, Emanuel de. *Drummond rima Itabira mundo*. Rio de Janeiro: José Olympio, 1972.

MORAES, Lygia Marina. *Conheça o escritor brasileiro Carlos Drummond de Andrade*. Rio de Janeiro: Record, 1977.

MORAES NETO, Geneton. *O dossiê Drummond*. São Paulo: Globo, 1994.

MOTTA, Dilman Augusto. *A metalinguagem na poesia de Carlos Drummond de Andrade*. Rio de Janeiro: Presença, 1976.

NOGUEIRA, Lucila. *Ideologia e forma literária em Carlos Drummond de Andrade*. Recife: Fundarpe, 1990.

PY, Fernando. *Bibliografia comentada de Carlos Drummond de Andrade (1918-1930)*. Rio de Janeiro: José Olympio; Brasília: Instituto Nacional do Livro, 1980.

ROSA, Sérgio Ribeiro. *Pedra engastada no tempo*: ao cinquentenário do poema de Carlos Drummond de Andrade. Porto Alegre: Cultura Contemporânea, 1978.

SAID, Roberto. *A angústia da ação*: poesia e política em Drummond. Curitiba: Editora UFPR; Belo Horizonte: Editora UFMG, 2005.

SANT'ANNA, Affonso Romano de. *Drummond, o gauche no tempo*. Rio de Janeiro: Lia Editor; Instituto Nacional do Livro, 1972.

SANTIAGO, Silviano. *Carlos Drummond de Andrade*. Petrópolis: Vozes, 1976.

SANTOS, Vivaldo Andrade dos. *O trem do corpo*: estudo da poesia de Carlos Drummond de Andrade. São Paulo: Nankin, 2006.

SCHÜLER, Donaldo. *A dramaticidade na poesia de Drummond*. Porto Alegre: URGS, 1979.

SILVA, Sidimar. *A poeticidade na crônica de Drummond*. Goiânia: Kelps, 2007.

SIMON, Iumna Maria. *Drummond*: uma poética do risco. São Paulo: Ática, 1978.

SÜSSEKIND, Flora. *Cabral – Bandeira – Drummond*: alguma correspondência. Rio de Janeiro: Fundação Casa de Rui Barbosa, 1996.

SZKLO, Gilda Salem. *As flores do mal nos jardins de Itabira*: Baudelaire e Drummond. Rio de Janeiro: Agir, 1995.

TALARICO, Fernando Braga Franco. *História e poesia em Drummond*: A rosa do povo. Bauru: EDUSC, 2011.

TEIXEIRA, Jerônimo. *Drummond*. São Paulo: Abril, 2003.

_____. *Drummond cordial*. São Paulo: Nankin, 2005.

TELES, Gilberto Mendonça. *Drummond*: a estilística da repetição. Prefácio de Othon Moacyr Garcia. Rio de Janeiro: José Olympio, 1970.

VASCONCELLOS, Eliane. *O Arquivo-Museu de Literatura Brasileira*: um sonho drummondiano. Rio de Janeiro: Fundação Casa de Rui Barbosa, 2002.

VIANA, Carlos Augusto. *Drummond*: a insone arquitetura. Fortaleza: Editora UFC, 2003.

VIEIRA, Regina Souza. *Boitempo*: autobiografia e memória em Carlos Drummond de Andrade. Rio de Janeiro: Presença, 1992.

VILLAÇA, Alcides. *Passos de Drummond*. São Paulo: Cosac Naify, 2006.

WALTY, Ivete Lara Camargos; CURY, Maria Zilda Ferreira (orgs.). *Drummond*: poesia e experiência. Belo Horizonte: Autêntica, 2002.

WISNIK, José Miguel. *Maquinação do mundo*: Drummond e a mineração. São Paulo: Companhia das Letras, 2018.

YUNES, Eliana; BINGEMER, Maria Clara L. (orgs.). *Murilo, Cecília e Drummond*: 100 anos com Deus na poesia brasileira. São Paulo: Loyola, 2004.

Este livro foi composto na tipografia
Arno Pro, em corpo 11/14, e impresso em
papel off-white no Sistema Digital Instant Duplex
da Divisão Gráfica da Distribuidora Record.